KiWi 345

Über das Buch
Der Engel schwieg, 1949–1951 geschrieben, ist Bölls erster Roman, der im Nachkriegsdeutschland spielt. Er beginnt am 8. Mai 1945, dem Tag der Kapitulation, und führt mitten hinein in die Trümmerlandschaft einer deutschen Großstadt. Vielleicht war das der Grund, weshalb das Manuskript, das ein Jahr lang zur Veröffentlichung vorlag, dann doch nicht erschien. Der damalige Verlag nahm auf den Wandel des Publikumsgeschmacks Rücksicht: Man wollte nicht mehr an das unmittelbar zurückliegende Elend erinnert werden.
So blieb das Manuskript liegen und wurde für Böll Steinbruch und Humus zugleich. Heute liest sich das Buch wie die Kraftquelle der Erinnerung, die das Böllsche Werk geprägt hat. Böll zeigt in ihm die Existenz des Menschen in der Stunde Null. Ein Soldat, mit falschen Papieren desertiert, kehrt in seine zerbombte Heimatstadt zurück, auf der Suche nach Brot, nach einer Bleibe und nach Menschen. Er findet Menschlichkeit, aber auch die Härte des Eigeninteresses, verbrämt mit christlicher Doppelmoral. Unangefochten davon bleibt die Liebesgeschichte, »klar und spröde, die der Phrasenlosigkeit der heimkehrenden Generation entspricht, die weiß, daß es keine Heimat auf dieser Welt gibt«. *(Böll)*

Der Autor
Heinrich Böll, 1917 in Köln geboren, nach dem Abitur Buchhandelslehre. 1939–45 Soldat, dann Gefangenschaft; nach dem Krieg Student und Hilfsarbeiter in der Tischlerei des Bruders; seit 1950 freier Schriftsteller in Köln. Für sein Werk erhielt er u. a.: 1967 den Büchner-Preis und 1972 den Nobel-Preis für Literatur, war Präsident des bundesdeutschen und des internationalen PEN-Clubs. Er starb am 16. Juli 1985.

Heinrich

Böll

Der Engel schwieg

Roman

Mit einem Nachwort
von Werner Bellmann

Kiepenheuer & Witsch

Aus dem Nachlaß herausgegeben
von Annemarie, René, Vincent und Viktor Böll
und Heinrich Vormweg

Für den Druck eingerichtet von Werner Bellmann
und Beate Schnepp. – Nachwort: Werner Bellmann

Umschlaggestaltung Manfred Schulz, Köln
Umschlagfoto aus *Zeit der Ruinen*, Kiepenheuer & Witsch, 1965.
Gesamtherstellung Clausen & Bosse, Leck.
ISBN 3-462-02374-8

I

Der Feuerschein aus dem Norden der Stadt war stark genug, ihn die Buchstaben über dem Portal erkennen zu lassen: »... cent-Haus« las er und stieg vorsichtig die Stufen hinauf; aus einem der Kellerfenster rechts von der Treppe kam Licht, er zögerte einen Augenblick und versuchte, etwas hinter den schmutzigen Scheiben zu erkennen, dann ging er langsam weiter, seinem eigenen Schatten entgegen, der oben an einer unversehrten Wand höher stieg und wuchs und breiter wurde, ein schwaches Gespenst mit schlackernden Armen, das sich aufblähte und dessen Kopf schon über den Rand der Mauer hinweg ins Nichts gekippt war. Er trat über Glassplitter nach rechts und erschrak: sein Herz klopfte heftiger, und er fühlte, daß er zitterte: rechts in der dunklen Nische stand jemand, jemand, der sich nicht bewegte; er versuchte, etwas zu rufen, das wie »Hallo« klang, aber seine Stimme war klein vor Angst, und das heftige Herzklopfen behinderte ihn. Die Gestalt im Dunkeln rührte sich nicht; sie hielt etwas in den Händen, das wie ein Stock aussah – er ging zögernd näher, und auch, als er erkannte, daß es eine Plastik war, ließ das Klopfen seines Herzens nicht nach: er ging noch näher und erkannte im schwachen Licht einen steinernen Engel mit wallenden Locken, der eine Lilie in der Hand hielt; er beugte sich vor, bis sein Kinn fast die Brust der Figur berührte, und blickte lange mit einer seltsamen Freude in dieses Gesicht, das erste Gesicht, das ihm in der Stadt begegnete: das steinerne Antlitz eines Engels, milde und schmerzlich lächelnd; Gesicht und Haar waren mit dichtem dunklem Staub bedeckt, und auch in den blinden Augenhöhlen hingen dunkle Flocken; er blies sie vorsichtig weg, fast liebevoll, nun selbst lächelnd, befreite das ganze milde Oval von Staub, und plötzlich sah er, daß das Lächeln aus Gips war. Der Schmutz hatte den Zügen die Hoheit des Originals verliehen, nachdem der Abdruck gegossen war – aber er blies weiter, reinigte die Lockenpracht, die Brust, das wallende Gewand und säuberte mit vorsichtigen spitzen Atemstößen die gipserne Lilie – die Freude, die ihn beim Anblick des lächelnden steinernen Gesichtes erfüllt hatte, erlosch, je mehr die grellen Farben sichtbar wurden, der grausame Lack der Frömmigkeitsindustrie, die goldenen Borden am Gewand – und das Lächeln des Gesichts erschien ihm plötzlich so tot wie das allzu wallende Haar. Er wandte sich langsam ab in den Flur hinein, um den Eingang zum Keller zu suchen. Das Klopfen seines Herzens hatte aufgehört.

Aus dem Keller kam ihm schwüle, säuerliche Luft entgegen; er ging langsam die schleimigen Stufen hinunter und tastete sich in ein gelbliches Dunkel hinein. Von irgendwoher tropfte es; die Flüssigkeit vermengte sich mit Staub und Schutt und machte die Stufen glitschig wie den Boden eines Aquariums. Er ging weiter. Aus einer Tür hinten kam Licht, endlich Licht. Rechts las er im Halbdunkel ein Schild: »Röntgensaal, bitte nicht eintreten«. Er kam dem Licht näher, es war gelb und sanft, sehr mild, und er erkannte am Flackern, daß es eine Kerze sein mußte. Nichts war zu hören, überall lag heruntergefallener Putz, Steinbrocken und der unkenntliche Dreck, der nach Angriffen überall herumlag: Türen waren aufgerissen, und er sah im Weitergehen in dunkle

Räume, wo der flüchtige Lichtschimmer durcheinandergewirbelte Stühle und Sofas erkennen ließ, plattgedrückte Schränke, aus denen irgend etwas herausquoll. Alles roch nach kaltem Rauch und nassem Dreck, und ihm war übel.

Die Tür, aus der das Licht kam, war weit offen. Neben der großen Kerze im eisernen Halter stand eine Nonne in dunkelblauem Habit. Sie rührte in einer großen Emailleschüssel Salat um; die vielen grünen Blättchen waren weißlich gefärbt, und er hörte unten in der Schüssel die Soße leise schwappen. Die breite Hand der Nonne ließ die Blätter leise rundkreisen, manchmal fielen kleine feuchte Blättchen über den Rand hinaus, die sie ruhig auflas und wieder hineinwarf. Neben dem braunen Tisch stand eine große Blechkanne, aus der es heiß und flau nach schlechter Bouillon roch, es war der üble Geruch von heißem Wasser, Zwiebeln und irgendeiner Würfelmasse.

Er sagte laut: »Guten Abend.«

Die Nonne blickte sich erschreckt um, ihr flaches rosiges Gesicht zeigte Angst, und sie sagte leise: »Mein Gott, ein Soldat.« Von ihren Händen tropfte die milchige Soße und an ihren weichen Armen klebten ein paar winzige Salatblättchen...

»Mein Gott«, sagte sie wieder erschreckt. »Was wollen Sie, was ist los?«

»Ich suche jemand«, sagte er.

»Hier?«

Er nickte. Sein Blick war jetzt nach rechts gefallen, in einen offenen Schrank hinein, dessen Tür vom Luftdruck herausgerissen war: er sah den zerfetzten Rest der Sperrholztür noch in den Scharnieren hängen, und der Boden war mit abgebröckelten winzigen Lackstücken bedeckt. Im Schrank lag Brot. Viele

Brote. Sie lagen flüchtig übereinandergestapelt, mindestens ein Dutzend bräunliche, faltig gewordene Brote. Das Wasser schoß ihm ganz schnell in den Mund: er würgte den Schwall hinunter und dachte: »Ich werde Brot essen. Brot, auf jeden Fall werde ich Brot essen.« Oberhalb des Stapels war ein grünlicher zerrissener Vorhang, der noch mehr Brot zu verdekken schien.

»Wen suchen Sie denn?« fragte die Schwester.

Er wandte sich ihr zu. »Ich suche«, sagte er, aber er mußte erst die obere Tasche seiner Feldbluse öffnen, um den Zettel herauszuziehen. Er fingerte tief unten in der Tasche herum, nahm den Fetzen, entfaltete ihn und sagte: »Gompertz, Frau Gompertz, Elisabeth Gompertz.«

»Gompertz?« sagte die Nonne, »Gompertz? Ich weiß nicht…«

Er sah sie voll an: Ihr breites blasses törichtes Gesicht war sehr unruhig, die Haut bewegte sich darüber, als sei sie zu lose gespannt, ihre großen wässerigen Augen sahen ihn ängstlich an. Sie sagte: »Mein Gott, die Amerikaner sind doch hier. Sind Sie laufen gegangen? Man wird Sie kriegen…«

Er schüttelte den Kopf, starrte wieder auf das Brot und fragte leise: »Kann man feststellen, ob die Frau hier ist?«

»Gewiß«, sagte die Schwester, warf einen flüchtigen Blick auf den Brotstapel, wischte sich die Salatblättchen und Soßenspritzer ab und fing an, mit einem Handtuch die Hände abzutrocknen.

»Wollen Sie nicht … vielleicht … die Verwaltung«, stammelte sie unruhig. »Ich glaube nicht. Wir haben nur noch fünfundzwanzig Patienten, keine Frau Gompertz, nein. Ich glaube nicht.«

»Aber sie muß hier gewesen sein.«

Die Nonne nahm eine Uhr vom Tisch, eine kleine runde altmodische silberne Armbanduhr ohne Armband. »Es ist jetzt zehn, ich muß Essen verteilen. Es wird oft spät«, fügte sie entschuldigend hinzu. »Wollen Sie ein wenig warten? Haben Sie Hunger?«

»Ja«, sagte er.

Sie blickte fragend auf die Salatschüssel, auf den Brotstapel, sah dann ihn an.

»Brot«, sagte er.

»Aber ich habe nichts für drauf«, sagte sie.

Er lachte.

»Wirklich«, sagte sie gekränkt, »wirklich nicht.«

»Mein Gott«, sagte er, »Schwester, ich weiß, ich glaube, Brot, wenn Sie mir etwas Brot geben könnten –« Wieder lief ihm das Wasser flink und lau im Munde zusammen, er schluckte es herunter und sagte noch einmal leise: »Brot.«

Sie ging zum Regal, nahm ein Brot heraus, legte es auf den Tisch und fing an, in einer Schublade nach einem Messer zu suchen.

»Schon gut«, sagte er, »man kann Brot brechen. Lassen Sie nur, danke.« Sie klemmte die Salatschüssel unter den Arm, nahm mit dem anderen die Bouillonkanne. Er trat ihr aus dem Weg und nahm das Brot vom Tisch.

»Ich komme gleich wieder«, sagte sie in der Tür, »Gompertz, nicht wahr? Ich werde fragen.«

»Danke, Schwester«, rief er ihr nach.

Er brach schnell eine große Kante von dem Brot ab. Sein Kinn zitterte und er spürte, daß die Muskeln seines Mundes und seine Kiefer zuckten. Dann grub er die Zähne in die unebene weiche Bruchstelle und aß. Das Brot war alt, sicher vier oder fünf Tage alt, vielleicht älter, einfaches Graubrot mit einer rötlichen Pappemarke von irgendeiner Fabrik; aber es schmeckte so süß. Er grub immer weiter mit seinen Zähnen, nahm auch die lederne bräunliche Kruste, packte dann den Laib in seine Hände und brach ein neues Stück ab. Während er mit der rechten Hand aß, hielt er mit der linken den Brotlaib fest, als könnte jemand kommen und ihn wegnehmen, und er sah seine Hand auf dem Brotlaib liegen, mager und schmutzig mit einer Kratzwunde, die mit Dreck und Schorf überzogen war.

Er blickte sich flüchtig um. Das Zimmer war klein. Da waren an den Wänden weißlackierte Schränke, deren Türen fast alle herausgesogen waren: irgendwo quoll weiße Wäsche heraus und medizinische Instrumente lagen in der Ecke unter einem Ledersofa; ein schäbiger schwarzer Herd stand am Fenster, und das Ofenrohr war durch eine zerbrochene Scheibe hinausgelenkt. Kleinholz lag zersplittert daneben und ein lose hingeworfener Haufen Briketts. Neben einem Wandschränkchen voll Medikamenten hing ein sehr großes schwarzes Kruzifix, und der Buchsbaumzweig dahinter war heruntergerutscht und hing nur noch lose zwischen dem Ende des Vertikalbalkens und der Wand.

Er setzte sich auf eine Kiste und brach ein neues Stück Brot ab. Immer noch schmeckte es süß. Wenn er ein Stück abgebrochen hatte, biß er immer erst in die weiche Bruchstelle, dann spürte er rings um seinen Mund die angenehme sanfte trokkene Berührung des Brotes, während seine Zähne sich weiterbohrten. Es war so süß.

Plötzlich fühlte er, daß er beobachtet wurde, und

blickte auf: in der Tür stand eine sehr große Nonne mit einem weißen schmalen Gesicht, ihr Mund war blaß, die großen Augen kühl und traurig.

Er sagte: »Guten Abend.« Sie nickte nur, kam herein, und er sah, daß sie ein großes schwarzes Buch unter dem Arm hatte. Sie ging erst auf die gelbe Altarkerze zu, die in dem eisernen Halter stand, zwischen Reagenzgläsern auf einem weißen Tisch, und schneuzte die Flamme mit einer gebogenen Mullschere. Das flackernde Licht wurde klein und hell, und in einen Teil des Zimmers fiel die Dunkelheit. Dann kam sie zu ihm und sagte leise und sehr ruhig: »Rücken Sie bitte ein wenig.«

Sie setzte sich neben ihn auf die Kiste.

Er roch den seifigen Geruch ihrer blauen steifen Kutte. Sie nahm aus einer Tasche ein schwarzes Brillenfutteral, öffnete es und schlug das Buch auf.

»Gompertz, nicht wahr?« fragte sie leise.

Er nickte und schluckte den letzten Bissen Brot hinunter.

»Sie ist nicht mehr da«, sagte sie leise, »ich weiß. Sie ist vor ein paar Tagen entlassen worden, wir mußten Platz machen. Die Inneren mußten alle nach Hause. Aber ich will sehen...«

»Sie kannten sie?« fragte er ruhig.

»Ja«, sagte sie, und sie blickte vom Buch auf, sah ihn an und er empfand ihre kühlen und traurigen Augen als sehr liebevoll. »Sie sind doch nicht ihr Mann?«

Sie wandte sich wieder ab und fing an, die großen dichtbeschriebenen Seiten umzublättern. »Sie hatte eine Magengeschichte, nicht wahr?«

»Ich weiß nicht.«

»Mein Gott, ihr Mann war doch noch hier vor ein

paar Tagen. Ein Feldwebel – wie Sie.« Sie warf einen Blick auf seine Schulterklappen und hielt im Blättern inne, sie hatte die letzte Seite des Buches erreicht. »Waren Sie mit ihm zusammen?«

»Ja.«

»Er war noch bei ihr und saß auf ihrem Bett. Mein Gott«, sagte sie, »das kommt mir so lange vor, es kann aber erst vor ein paar Tagen gewesen sein. Was haben wir heute, den wievielten?«

»Den achten«, sagte er, »den achten Mai.«

»Wie lange mir das vorkommt!«

Ihr langer blasser Finger fuhr jetzt auf der letzten Seite des Buches langsam von unten nach oben. »Gompertz«, sagte sie, »Elisabeth, entlassen am 6. Vorgestern.«

»Sagen Sie mir bitte die Adresse.«

»Rubensstraße«, sagte sie, »Rubensstraße 8.« Sie stand auf, blickte ihn an und hielt das Buch zugeklappt unter dem Arm. »Was ist denn, was ist mit ihrem Mann?«

»Er ist tot.«

»Gefallen noch?«

»Erschossen.«

»Mein Gott«, sie stützte sich auf den Tisch, warf einen Blick auf den Brotrest und sagte leise: »Geben Sie acht, es sind viele Streifen in der Stadt. Man ist sehr streng.«

»Danke«, sagte er heiser.

Sie ging langsam zur Tür, wandte sich noch einmal um und fragte: »Sind Sie von hier, wissen Sie Bescheid?«

»Ja«, sagte er.

»Viel Glück«, rief sie zurück, und bevor sie sich abwandte, murmelte sie noch einmal »Mein Gott«.

»Danke, Schwester«, rief er ihr nach, »vielen Dank.«

Er brach ein neues Stück Brot ab und fing wieder an zu essen. Er aß jetzt sehr langsam, ganz ruhig, und es schmeckte immer noch süß. Die Flamme hatte wieder einen hohlen Rand in die Kerze gefressen, der Docht war länger geworden, das Licht gelber, weiter reichend. Im Flur waren jetzt Schritte zu hören, das sanfte Schlurfen der Nonne, die mit der Salatschüssel weggegangen war, und hinter ihr ein ungeduldiger Männerschritt.

Die Nonne kam mit einem Arzt herein, stellte die leere Salatschüssel unter den Tisch, die Kanne daneben und fing an, im Ofen zu stochern.

»Mensch!« rief der Arzt, »der Krieg ist aus und verloren, ziehen Sie die Klamotten aus, schmeißen Sie die Spielsachen weg.«

Der Arzt war jung, etwa fünfunddreißig, er hatte ein breites rotes Gesicht mit seltsam knitterigen Falten, als wenn er im Schlaf falsch gelegen hätte. Hans roch, daß der Arzt rauchte, und er sah nun, daß er die qualmende Zigarette auf dem Rücken in der hohlen Hand hielt.

»Schenken Sie mir eine Zigarette«, sagte er.

»Oho«, rief der Arzt, aber er zog eine Schachtel aus seiner Kitteltasche, Hans sah zwei und eine halbe Zigarette lose darin. Der Arzt gab ihm die halbe und sagte: »Mensch, passen Sie auf, daß keiner Sie schnappt.« Dann hielt er die glühende Zigarette an den Stummel und Hans sah seine gelben dicken Finger, die splissigen Nägel. »Danke«, sagte er, »danke sehr.«

Der Arzt kramte irgendwo aus einer Schublade Ampullen heraus, steckte Messer und Scheren in seine Kitteltasche und verließ den Raum. Hans ging ihm nach. Die breite Gestalt bewegte sich im dunklen Flur schnell auf die Treppe zu. Er rief: »Moment bitte.« Der Arzt blieb stehen, und einen Augenblick lang, während er sich umwandte, sah Hans sein stumpfes flachnasiges Profil. Dann stand er bei ihm und sagte: »Nur eine Minute.«

Der Arzt schwieg.

»Ich brauche Papiere«, sagte Hans.

»Mensch!« rief der Arzt.

»Gute Papiere«, sagte er, »irgendwo müssen hier doch Papiere sein, am besten von einem Toten. Versuchen Sie es.«

»Sie sind verrückt.«

»Keineswegs. Ich will nicht in Gefangenschaft. Ich wohne hier, habe allerlei zu tun – zu suchen. Helfen Sie mir.«

Hans schwieg. Er konnte das Gesicht des Arztes nur undeutlich sehen, aber er spürte in diesem feuchten säuerlichen Dunkel den heißen Atem des anderen nah, und in der Stille knisterte es wie von leise fallendem Dreck.

»Haben Sie Geld?« fragte der Arzt endlich leise.

»Noch nicht, aber bald, wenn ich ... wenn ich zu Hause war.«

»Diese Dinge kosten Geld.«

»Ich weiß.«

Der Arzt schwieg wieder, spuckte den Stummel aus, und Hans sah die Glut gegen die Wand prallen, die sprühenden Funken erleuchteten eine Stelle, wo das nackte häßliche Mauerwerk zu sehen war, dann zischte der Stummel in einer Pfütze aus. Er fühlte die kräftige Hand des Arztes seinen Arm fest umkrallen und die Stimme des anderen sagte heiser: »Warten

Sie hier, ich habe zu tun.« Er zog ihn zur Seite, riß eine Tür auf, drückte Hans hinein und ging schnell davon.

Er war in einer Umkleidekabine; im Dunkeln tastete er nach dem schmalen Sitzbrett, setzte sich und fühlte langsam die sanftriechende Vertäfelung ab. Es schien alles unbeschädigt zu sein. Es war glatt und angenehm, dann hatte er plötzlich etwas sehr Seidiges zwischen den Fingern, ein Kleidungsstück. Er stand auf, packte oben nach dem Aufhänger und nahm es ab. Es schien ein weicher dünner Regenmantel zu sein, er fühlte große hörnerne Knöpfe, einen lose hängenden Gürtel, dessen Schnalle ihm gegen die Beine schlug, und es roch nach Frau: nach Puder und Seife und dem leisen Hauch eines Lippenstifts. Er hielt den Mantel oben am Aufhänger fest, ließ ihn ganz herabfallen und tastete nach den Taschen: eine war leer, links tastete er durchs Futter in die Luft, in der rechten knisterte Papier, und als er tiefer packte, fand er etwas Flaches, Metallisches; er nahm es heraus und hing den Mantel im Dunkeln wieder an den Haken.

Es war ein Zigarettenetui, er fand den Drücker und ließ es aufspringen; es waren noch Zigaretten drin; er zählte sie vorsichtig, indem er mit der Fingerspitze drüber fuhr: es waren fünf, er nahm zwei heraus, drückte das Etui wieder zu und steckte es in die Manteltasche zurück.

Er war plötzlich sehr müde, die halbe Zigarette hatte ihn schläfrig gemacht. Er steckte die beiden Zigaretten oben in die Brusttasche zu dem Zettel, hockte sich auf den Boden, lehnte sich mit dem Rükken an und streckte die Beine, so weit sie sich strekken ließen.

Er wurde wach, weil ihm kühl war. Sein Nacken war steif, und es zog von den Beinen herauf. Der Spalt unter der Tür ließ die Luft eisig und geradlinig genau über sein Rückgrat in den Nacken ziehen. Er stand auf und öffnete die Tür: alles war dunkel – es roch immer noch säuerlich und feucht im Flur, und der Gestank von kaltem Rauch und nassem Dreck machte die Luft schwer. Er hustete. Er wußte nicht, wie spät es war, entsann sich nur, daß der Arzt versprochen hatte, wiederzukommen. Die Nonnen schienen weggegangen zu sein. Er fand die Tür verschlossen, ging in seine Kabine zurück und zog im Dunkeln den Frauenmantel an. Er paßte ihm gut, war nur in den Ärmeln etwas zu kurz. Er vergrub die Hände in den Taschen, fand ein Taschentuch in der rechten und verstopfte damit das Loch im Futter der linken. Das knisternde Papier drückte er nach unten. Er schloß die hölzerne Schnalle des Gürtels, warf die Kabinentür zu und tastete sich die Treppe hinauf.

Auch oben war es still und dunkel, nur, wo man den Himmel sehen konnte, war das ruhige und etwas hellere Blau der Wolken. Der ganze linke Flügel des großen Hauses war von herunterhängenden Betonplacken versperrt, durch Spalten sah er finstere zerstörte Räume, querragende Eisenträger und roch den nassen ekelhaften Schutt. Rechts ging er in einen offenen Flur hinein, und er hörte plötzlich Atmen: ein paar schwarze Türlöcher waren offen, die Zimmer schienen belegt zu sein, es roch muffig nach Schweiß, Urin und Bettwärme, und über allem lag dieser schwere Geruch des nassen Dreckes, der den Rauch aufgesogen zu haben schien; auch das Geräusch atmender und leise stöhnender Menschen war nun deutlich zu hören, und in einer Zimmerecke sah er das rötlich glühende Ende einer Zigarette.

Links ging es um eine Ecke herum und nun sah er endlich Licht. Der Schimmer des Lichtes fiel auf eine große gelbliche Wand, deren Tapete von Flammen geschwärzt war; rechts sah er die Trümmer eines zerstörten Operationssaales: zerknallte Glaskästen, herumliegende Geräte, ein Polsterbett, von Schutt halb verdeckt, und eine große weiße gläserne Lampe segelte lautlos und unversehrt drohend wie ein widerlich sauberes Rieseninsekt im Dunkeln hin und her: er blickte, als er näher trat, durch einen Spalt in den Saal: die große Lampe hing an einer sehr dünnen schwarzen Leitung, pendelte von der eigenen Schwere, und er sah, daß sie langsam tiefer sank; daß die große weiße widerlich saubere Glashaube immer tiefer ins Schwanken geriet, weil irgendwo an dem unsichtbaren Teil der unbeschädigten Decke die Haken, mit denen die Leitung festgeklemmt war, sich einer nach dem anderen lösten.

Das Licht kam am Ende dieses Ganges aus einem großen vielsprossigen Fenster, das mit einem löcherigen Bettuch zugenagelt war; der schwankende Kerzenschein drang nur matt wie ein schwacher goldener Schimmer durch, aber aus den Löchern fielen große gelbe Flecken Licht, die sich auf der gegenüberliegenden Wand projizierten wie riesige Butterflecken. Er blickte durch einen Schlitz hinein: zwischen vier großen brennenden Kerzen auf eisernen Kandelabern stand eine Bahre wie ein Katafalk. Auf der Bahre schien eine alte Frau zu liegen, er sah nur ihren Hinterkopf: weiches weißes üppiges Haar, das im Kerzenschein schimmerte wie ein silbernes

Tuch. Vom Arzt sah er nur die rote Stirn mit den Knitterfalten über der Maske und seine Arme, die sich hoben und senkten. Es war ganz still. Zu Füßen der Bahre stand die Nonne mit dem weißen Gesicht, die unten mit dem Buch neben ihm gesessen hatte. Sie reichte Geräte, Mulltupfer, alles mit ruhigem, fast gleichgültigem Gesicht; ihre weiße Haube schwebte wie ein Riesenschmetterling über ihr und der Schatten der Haube stand schwarz und klar, sich leise bewegend an der Wand, wie die Schleife eines kleinen Mädchens, riesengroß gezeichnet. Eine andere Nonne, die ihm den Rücken wies, rückte die Lichter nach den kurzen ungeduldigen Handbewegungen des Arztes hin und her.

Der Arzt war tief über die Liegende gebeugt, er schien fast zu knieen, nur manchmal tauchte sein Schädel höher, wenn er ein Instrument verlangte; dann kam auch sein großer breiter Brustkorb hoch, irgend etwas schien hinter ihm in einen Eimer zu plumpsen, und seine weißen Gummihandschuhe waren schwarz von Blut; er streifte sie ab, warf sie hinter sich auf einen Tisch, riß die Maske herunter und zuckte die Schultern. Die Nonne, die hinten stand, warf ein großes Tuch über die Liegende und schob die Bahre herum, und Hans sah jetzt deutlich das Gesicht der Liegenden: es war weiß wie Kalk.

Er ging langsam zurück, von überallher zog es. In der schwarzen Öffnung des Krankenzimmers sah er immer noch die Zigarette glühen. Er trat in den schweren Dunst, tastete sich an den Betten vorbei und sah jetzt, daß die Fenster mit schweren Decken verhängt waren. Die Betten standen dicht nebeneinander, und in den schmalen Gängen schimmerte das

Emaille der Nachtgeschirre. Die Zigarette in der Ecke glühte immer noch. Er unterschied jetzt Umrisse, sah einen großen Tisch in der Mitte, wunde Stellen im Gemäuer, wo der Putz heruntergefallen war; und jetzt erkannte er in der Ecke das Gesicht, das von der aufblakenden Glut der Zigarette erleuchtet wurde: einen schmalen jungen Frauenkopf mit einem gelbschwarz gestreiften Kopftuch. Das Gesicht war so blaß, daß es in der Dunkelheit weiß erschien und sanft leuchtete. Er trat nahe ans Bett heran und sagte: »Bitte, etwas Feuer.« Er sah einen flauschig blau bekleideten Arm, eine kleine Hand, die sich seiner Zigarette näherte, und sog. Sie sagte nichts, und er sah jetzt ihre Augen ganz nah, sie schienen tot, waren glanzlos, nicht einmal der Schimmer der Zigarettenglut, die ihr nahe war, fing sich darin. Er sagte leise: »Danke«, wollte gehen, aber sie legte plötzlich ihre Hand auf seinen Unterarm, und er spürte eine heiße trockene Berührung: »Wasser«, sagte ihre Stimme heiser, »gib mir etwas Wasser.«

»Da«, sagte sie, und die Zigarette zeigte auf einen Topf, der irgendwo auf dem Tisch stehen mußte. Es war eine braune Kaffeekanne ohne Deckel, und er spürte, daß sie schwer war. Ihre Zigarette lag auf dem Boden, er trat sie aus und fragte leise: »Eine Tasse oder...«

»Hier.« Er nahm das Glas, hielt es nahe unter den Ausguß der Kanne und füllte es. Sie riß es ihm aus der Hand, er spürte an der flüchtigen Bewegung und dem Ruck, mit dem sie das Glas an sich zerrte, etwas Widerwärtiges, und er hörte im Dunkeln die hastig schlürfenden Züge.

»Mehr«, sagte sie.

Er goß es wieder voll. Wieder riß sie ihm das Glas

aus der Hand, wieder hörte er dieses Schlürfen, hemmungslos gierig, und er fühlte, daß die Kanne in seiner Hand leerer geworden war. Dann sank plötzlich ihr Kopf auf die Seite, das Kopftuch verrutschte, und ein dicker schwarzer Zopf wurde sichtbar. Er nahm das Glas vom Bett und schenkte sich selbst ein: das Wasser schmeckte widerwärtig: lauwarm und nach Chlor. Er hörte die Kranke leise pfeifen im Schlaf und ging langsam wieder hinaus.

Unten in der Kabine kam es ihm fast warm vor. Die Zigarette verursachte einen starken süßlichen Schwindel, eine leichte Übelkeit, und er hockte sich wieder hin, drückte die Glut an der Wand ab, streckte die Beine und schlief ein.

Wenig später wurde er wach, als der Arzt draußen gegen die Tür trat. »Los, Mensch«, rief er, »es wird bald hell.«

Er sprang auf und öffnete.

»Draußen ist keine Klinke mehr dran«, sagte der Arzt, »kommen Sie.«

Er schloß das Zimmer auf, in dem die Brote lagen, zündete die Kerze an und sagte noch einmal: »Kommen Sie.«

Hans trat näher.

»Mein Gott«, rief der Arzt, »Sie sehen schon ganz manierlich aus. Wo haben Sie den Mantel her.«

»Er hing in der Kabine«, sagte Hans, »ich bringe ihn zurück, wenn ... in der Röntgenkabine.« Er zog das zusammengeknüllte Papier aus der Tasche, es war ein Brief, er entfaltete ihn. »Regina Unger«, las er laut, »Märkische Straße 17...«

»Na ja«, sagte der Arzt.

»Ich bringe ihn zurück, bestimmt ... es ist nur wegen...«

»Meinetwegen, meinetwegen behalten Sie ihn ... kommen Sie her!«

Hans ging schnell um den Tisch herum, stieß die Bouillonkanne um, hob sie wieder auf und trat an den kleinen Tisch. Der Arzt zog jetzt ein Papier aus der Tasche, legte es unter die Kerze und sagte: »Ich glaube, das ist das, was Sie suchen, was Sie brauchen. Ganz echt.« Sein grinsendes Gesicht war rot und müde, die Augen trübe, und seltsam gelbliche Falten der Erschöpfung waren um seinen Mund herum. Das blonde Haar war spärlich über dem roten Schädel wie die Behaarung eines Kükens. Er sagte müde: »Fünfundzwanzig Jahre, völlig wehrunfähig wegen eines schweren Lungenleidens. Sie heißen dann Erich Keller.«

Hans wollte nach dem grauen zusammengeklappten Papier greifen, aber die breite Hand des Arztes legte sich drauf und er grinste ihn an. Hans sagte ruhig: »Ich bringe das Geld.«

»Wieviel?« fragte der Arzt. Seine Lippen zuckten, sobald er den Mund aufmachte; irgendein Reflex schien sich zu lösen, ein Nerv schien kaputt zu sein, die Lippen bibberten.

»Wieviel wollen Sie?«

»Zwei.«

»Hundert?«

»Hundert«, wiederholte er ironisch. »Die Zigaretten kosten jetzt zehn.«

»Tausend also.«

»Ja. Wann?«

»Vielleicht morgen, vielleicht übermorgen, vielleicht heute noch ... ich weiß nicht ... sobald ich... «

Der Arzt stand plötzlich auf, riß den Fensterflügel beiseite, so daß das schmutzige Ofenrohr zu wackeln anfing. Durch ein vergittertes Kellerfenster rieselte Staub herunter, dann sah man den dunkelgrauen Himmel.

Der Arzt wandte sich wieder um, nahm das Papier vom Tisch und sah Hans lange an. Seine Augen waren müde und unruhig, irgendwo tief drinnen war etwas wie Trauer, ein zweifelnder Schatten.

»Vielleicht«, sagte er, »mißverstehen Sie mich. Ich bin kein Schwarzhändler. Ich handle nicht mit Papieren von Leuten, die gestorben sind. Aber ich brauche das Ding zurück. Verstehen Sie? Es gehört mir nicht, es gehört in die Akten, und wir werden kontrolliert. Ich will Ihnen helfen, es Ihnen leihen, aber ich brauche ein Pfand.«

»Ich habe nichts.«

»Hängen Sie an dem Geklimper auf Ihrer Brust?«

»Es gehört mir nicht.«

»Der Rock?«

»Ist vom gleichen Mann, einem Toten, ich muß es seiner Frau bringen. Vielleicht...«, er stockte.

»Was ist?« fragte der Arzt.

»Vielleicht glauben Sie mir so. Ich besorge mir andere Papiere. Höchstens ein paar Tage...«

Der Arzt blickte ihn noch einmal lange an, und sie hörten jetzt draußen in der Stille dieser Stadt, die viele Kirchen gehabt hatte, sehr entfernt eine kleine Glocke bimmeln.

»Viertel vor sechs«, sagte der Arzt, dann gab er Hans plötzlich das Papier in die Hand und sagte: »Gehen Sie – lassen Sie mich nicht im Stich.«

»Nein, nein«, sagte Hans. »Vielen Dank. Auf Wiedersehen.«

II

Die Stelle, an der das Haus gestanden hatte, fand er sofort, vielleicht war es die Zahl der Schritte, die von der Straßenkreuzung noch zu gehen waren, oder irgend etwas an der Anordnung der Baumstümpfe, die einmal eine hohe und schöne Allee gebildet hatten: irgend etwas veranlaßte ihn, plötzlich haltzumachen, nach links zu sehen, und da war es: er erkannte den Rest des Treppenhauses, stieg über die Trümmer langsam dorthin: er war zu Hause. Die Haustür war vom Luftdruck herausgeschleudert worden: ein Teil hing noch an den Angeln, schwere Scharniere mit Holzfetzen. Auch ein Teil des Aufgangs stand noch; von den Decken hingen Latten herunter. Er ging über einen Haufen Mauerwerk weiter und schürfte am Ende des Flures am Fuße eines Schuttberges eine weiße, unbeschädigte Marmorstufe frei: eine Stufe war also noch da: offenbar die erste und letzte. Der Haufen Dreck, der sich über ihr türmte, brach zusammen, als er daran stieß. Er kratzte langsam die ganze Stufe frei und setzte sich. Es roch nach Sand und trockenem Dreck: nirgendwo war eine Brandspur zu sehen...

Es war ein schönes, herrschaftliches Haus gewesen. Unten hatte sogar ein Hausmeister gewohnt, er blickte nach rechts, wo die Tür des Hausmeisters gewesen war, und sah einen Berg von Mauerwerk, Tapetenfetzen und zerquetschten Möbelteilen, irgendwo sah der staubbedeckte Fuß eines Flügels heraus: dort schien auch die Flurdecke durchgebrochen zu sein. Er stand wieder auf und kratzte an einer bestimmten Stelle des Schuttberges, bis er die harte dunkelbraune Linkrustatapete unter seinen Fingern fühlte, ließ den Dreck von oben nachstürzen und an sich vorbeigleiten und hatte endlich das Schild frei, ein sauberes weißes emailliertes Schild mit den schwarzen Buchstaben: Schnepplehner, Hausmeister. Er nickte nur, ging langsam zurück und setzte sich wieder, zog das Zigarettenetui aus der Tasche, ließ es aufschnappen und zog eine Zigarette heraus, als ihm einfiel, daß er kein Feuer hatte. Er ging langsam zum Eingang zurück und wartete: draußen war niemand zu sehen, es war still und kühl, irgendwo krähte ein Hahn, und sehr weit entfernt, wo die Brücke über den Rhein sein mußte, hörte er schwere Wagen rollen, vielleicht Panzer...

Früher hatte es hier zu jeder Zeit des Tages und bis spät in die Nacht hinein von Menschen gewimmelt. Jetzt sah er nur eine Ratte, die aus dem Trümmerhaufen nebenan kam, langsam und ruhig über die Schuttberge krabbelte und sich witternd zur Straße vortastete; einmal rutschte sie an einer Marmorplatte ab, die quer und steil an ihrem Weg lag, sie quiekte auf, rappelte sich wieder hoch und kroch langsam weiter. Er verlor sie aus den Augen, als sie einen Teil der Straße überquerte, auf dem kein Schutt lag, und hörte sie dann in einem umgestürzten Straßenbahnwagen rumoren, dessen blecherner Bauch wie gequollen und geplatzt zwischen zwei gestürzten Masten lag...

Er hatte vergessen, daß er die Zigarette im Mund hielt und auf jemand wartete, der Feuer hatte...

Damals, als das Haus noch stand, war nur eine Postkarte gekommen. Sie kam morgens, als er noch schlief, am ersten Tage seiner Ferien, und die Mutter hatte gedacht: wird nicht so wichtig sein. Der Briefträger hatte ihr einen ganzen Packen übergeben: die Zeitung, ein paar Prospekte, einen Brief, eine Pensionsabrechnung, und für irgendeines dieser Teile hatte sie eine Quittung unterschrieben. Im Halbdunkel des Flures war sowieso alles kaum zu erkennen, auch in der Diele war es dunkel, es kam nur indirektes Licht durch die große grünliche Verglasung oberhalb der Korridortür. Die Mutter hatte den Stapel flüchtig durchgesehen und die Postkarte in der Diele auf den Tisch geschmissen, ehe sie in die Küche ging: eine normale bedruckte Postkarte, die ihr vollkommen nebensächlich erschien...

Er schlief lange an diesem Tage, es war der erste seines Lebens, wenn man es Leben nennen konnte: bis dahin war alles Schule gewesen, Schule, Armut, Lehrlingszeit, Qual, und am Tage vorher hatte er endlich seine Gehilfenprüfung bestanden und Urlaub genommen...

Morgens schon gegen halb neun war es schwül, es war Sommer, Hochsommer, und die Mutter hatte die Läden vorgehängt, und als sie nun mit der Post in die Küche kam, drehte sie die Gasflamme groß, um das Wasser zum Kochen zu bringen. Der Tisch war schon gedeckt, alles sauber, ruhig und friedlich. Sie setzte sich auf die Bank und fing an, die Post durchzusehen. Draußen vom Hof her hörte sie das leichte Hämmern und das verdeckte Surren aus der Schreinerei, die im Keller des Anbaus eingerichtet war. Von vorn kam der stetige, fast ruhige Lärm des Straßenverkehrs.

Die Prospekte waren von einer Weinhandlung, die ihnen manchmal Wein geliefert hatte, als der Vater noch lebte. Sie warf sie, ohne sie anzusehen, in die große Kiste unter dem Ofen, wo sie im Sommer Papierabfälle und Holzreste für den Winter sammelte.

Während sie die Pensionsabrechnung durchsah, fiel ihr die Postkarte ein, die draußen auf dem Tisch lag, und sie dachte einen Augenblick daran, aufzustehen, sie zu holen und in die Kiste zu schmeißen: sie hatte eine Abneigung gegen bedruckte Postkarten – aber sie seufzte nur, denn sie hatte jetzt angefangen, die Abrechnung durchzusehen, eine komplizierte Aufstellung, von der sie nur die Endsumme begriff, ein rotgedrucktes Sümmchen, und sie sah, daß es wieder kleiner geworden war...

Sie stand auf, um den Kaffee aufzugießen, legte die Abrechnung neben das dicke Zeitungspaket, goß sich die Tasse voll und öffnete mit dem Daumennagel den Brief. Der Brief war von ihrem Bruder Edi. Edi schrieb, daß er nun endlich nach langen, viel zu langen Assessorjahren Studienrat geworden war. Trotzdem enthielt sein Brief wenig Erfreuliches. Seine Beförderung hatte er mit der Versetzung in ein gottverlassenes »Drecknest« erkaufen müssen. Es kotzte ihn jetzt schon an, alles kotze ihn an, schrieb er, sie wisse ja warum. Sie wußte warum. Außerdem hätten die Kinder drei Krankheiten hintereinander gehabt, Keuchhusten, Pocken und Masern, Elli sei vollkommen erledigt, dazu der Umzugsrummel, Ärger über die Versetzung, es bedeutete nicht einmal eine nennenswerte finanzielle Verbesserung, weil er aus der besten nun in die schlechteste Ortsklasse gekommen war. Es kotze ihn alles an, sie wisse ja warum, und sie wußte warum.

Sie legte auch diesen Brief beiseite, zögerte einen Augenblick, warf dann die Abrechnung in die Abfallkiste, und den Brief legte sie in die Schublade. Wieder fiel ihr für einen Augenblick die Postkarte ein, ganz flüchtig, aber sie hatte jetzt wieder Kaffee eingegossen, sich ein Brot gemacht und klappte das Zeitungspaket auf. Sie las nur die Überschriften. Sie konnte dafür nicht soviel Interesse aufbringen wie die meisten Leute, die von Krieg sprachen und Rache. Seit Wochen las man schon nichts anderes auf der Titelseite als von diesem Geknalle, von Prügeleien und von den Flüchtlingen, die die Sphäre polnischen Haders verließen, um sich ins Reich zu retten...

Auf der zweiten Seite war zu lesen, daß die Butterration verringert werden und die Eierrationierung aufrechterhalten bleiben müßte. Sie verstand nichts davon, auch nicht von einem Artikel, den sie nur anfing und schnell überlas, worin begründet wurde, daß man unmöglich seine Freiheit für Kakao und Kaffee verkaufen könne. Dann legte sie die Zeitung weg, trank die Tasse leer und machte sich bereit, einkaufen zu gehen.

Durch die Läden flimmerte es hell und blendend, die Sonne stach schraffierte Muster an die Wand.

Als sie in der Diele die kleine weiße Karte auf dem Tisch liegen sah, fiel ihr wieder ein, daß sie sie hatte in die Kiste werfen wollen, aber nun hatte sie das Netz schon in der Hand, der Schlüssel stak schon im Schloß, und sie ging hinunter.

Als sie zurückkam, schlief er immer noch, und die kleine weiße Postkarte lag noch da. Sie legte das Netz auf den Tisch und nahm das kleine Stück betippten Papiers in die Hand, und nun sah sie plötzlich trotz der Dunkelheit den seltsamen roten Flecken darauf, einen weißen Zettel mit einem roten Rechteck, und in dem roten Rechteck ein fettes schwarzes R wie eine Spinne. Ein unbestimmter Schrecken ergriff sie. Sie ließ die Karte fallen, die Sache kam ihr seltsam vor, sie hatte nicht gewußt, daß es auch eingeschriebene Postkarten gab, eine eingeschriebene Postkarte schien ihr etwas äußerst Verdächtiges, das Ding verursachte ihr Angst. Sie raffte schnell ihr Netz zusammen und ging in die Küche. »Vielleicht«, dachte sie, »ist es eine Bestätigung von der Handelskammer oder irgendeiner Berufsorganisation, daß er die Prüfung bestanden hat, etwas Wichtiges, das eingeschrieben werden mußte.« Sie spürte keine Neugierde, nur Unruhe, setzte die Schüssel auf den Tisch und stieß die Läden auf, weil es plötzlich draußen dunkel wurde, und schon sah sie die ersten Tropfen auf den Hof fallen, dicke runde Tropfen, schwer und langsam fallend, fette Kleckse auf dem Asphalt. Die Schreiner standen in ihren blauen Schürzen auf dem Hof vor ihrer Werkstatt und deckten schnell Segeltuch über einen großen Fensterrahmen. Dichter und heftiger fielen die Tropfen, prasselnd; sie hörte die Männer lachen, ehe sie hinter den staubigen Scheiben ihrer Kellerwerkstatt verschwanden...

Sie nahm die Decke vom Tisch, holte das Küchenmesser aus der Schublade, rückte sich die Schüssel zurecht und fing mit zitternden Händen an, ihren Blumenkohl zu putzen. Das große fettgedruckte R in dem roten Rechteck verursachte ihr eine Angst, die allmählich zur Übelkeit wurde; es kreiste ihr vor den Augen, sie mußte sich zusammennehmen.

Dann fing sie an zu beten. Wenn sie Angst hatte, betete sie. Zwischendurch fielen ihr in unruhiger Folge die verschiedensten Dinge ein – ihr Mann, der nun sechs Jahre tot war, – er hatte mit verzerrtem Gesicht im Fenster gestanden, als unten der erste große Aufmarsch vorbeikam.

Sie dachte auch an die Geburt des Jungen im Krieg, an dieses winzige, magere Bürschchen, das nie sehr kräftig geworden war...

Dann hörte sie, daß er ins Badezimmer ging. Das ohnmächtige Wühlen in ihrer Brust ließ nicht nach, dieser Klumpen aus Schmerz und Unruhe, Angst und Mißtrauen und dem Wunsch zu weinen, den sie heftig unterdrücken mußte.

Als er aus dem Badezimmer kam, war die Mutter schon dabei, vorne im Wohnzimmer den Tisch zu decken; es war aufgeräumt und sauber, Blumen standen auf dem Tisch, Butter, Käse, Wurst und die braune Kaffeekanne standen dort, die gelbe Kaffeemütze und eine Dose Milch, und er sah auf seinem Teller eine große Blechschachtel mit Zigaretten stehen. Er gab der Mutter einen Kuß und spürte, daß sie zitterte; er blickte sie erschreckt und erstaunt an, als sie ganz plötzlich anfing zu weinen. Vielleicht weinte sie vor Freude. Sie hielt seine Hand fest und sagte leise, immer noch weinend: »Du mußt nicht böse sein, ich wollte es so nett machen.« Sie zeigte auf den Tisch, weinte heftiger, brach dann in ein wildes Schluchzen aus, und er sah ihr breites schönes Gesicht ganz in Tränen schwimmen, er wußte nicht, was er tun sollte, er sagte stammelnd: »Mein Gott, Mutter, es ist doch alles so schön.«

»Ja«, sagte er noch einmal. Sie blickte ihn prüfend an und versuchte zu lächeln.

»Wirklich«, sagte er, bevor er ins Schlafzimmer ging. Er zog schnell ein frisches Hemd an, knöpfte die rötliche Krawatte und eilte wieder nach vorn. Die Mutter saß schon da, sie hatte die Schürze abgelegt, ihre Tasse aus der Küche mitgebracht und lächelte ihm zu.

Er setzte sich und sagte: »Ich habe wunderbar geschlafen.«

Sie fand, daß er wirklich frischer aussah, sie nahm die Mütze von der Kanne und goß ihm ein und gab gleich einen dicken Strahl Büchsenmilch hinterher: »Hast du nicht zu lange gelesen?«

»Nein, nein«, sagte er lächelnd, »ich war müde gestern, zu müde.« Er öffnete die Schachtel, zündete eine Zigarette an, begann langsam den Kaffee umzurühren und blickte der Mutter ins Gesicht: »Es ist alles so schön«, sagte er.

Sie sagte, ohne den Ausdruck ihres Gesichts zu verändern: »Es ist Post gekommen.« Er sah, daß ihre Mundwinkel zitterten. Sie biß sich auf die Lippen, sie konnte nicht sprechen, so entstand ein trockenes sehr tiefes Schluchzen und er wußte plötzlich, daß etwas geschehen war oder geschehen würde. Er wußte es. Die Post hatte das alles verursacht, irgend etwas mußte mit der Post sein. Er senkte den Blick, rührte in seiner Tasse, rauchte mit heftigeren Zügen und trank zwischendurch. Man mußte ihr Zeit lassen, sie wollte nicht weinen, mußte aber sprechen, und man mußte ihr Zeit lassen, diesen langen und sehr trockenen Schluchzer erst ganz auszuholen, ehe sie weitersprechen konnte. Irgend etwas war mit der Post nicht in Ordnung. Er würde niemals im Leben dieses Schluchzen vergessen, in dem alles lag, das ganze Entsetzen, von dem keiner von ihnen damals etwas wissen konnte. Es schnitt, dieses Schluchzen. Die Mutter schluchzte, sie schluchzte nur ein einziges Mal, sehr lang und sehr tief, und er hielt immer noch den Blick gesenkt, sah nur die Oberfläche seiner Kaffeetasse, in der sich die Büchsenmilch nun zu einem hellen sehr gleichmäßigen sanften Braun verteilt hatte, er sah die Spitze seiner Zigarette, sah die Asche zittern, grau und silbern, und endlich spürte er, daß er aufsehen konnte.

»Ja«, sagte sie leise, »Onkel Edi hat geschrieben. Er ist Studienrat geworden, ist aber auch versetzt worden. Er schreibt, es kotzt ihn an.«

»Ja, ja«, sagte er, »jeden normalen Menschen kotzt es an.«

Sie nickte. »Und eine Pensionsabrechnung«, sagte sie, »es gibt wieder weniger.« Er legte seine Hand auf ihre, die klein, breit und verbraucht auf dem blütenweißen Tischtuch lag. Seine Berührung löste eine neue Folge tiefer, schneidender Schluchzer aus. Er nahm die Hand wieder weg und behielt die Erinnerung, daß die Hand der Mutter warm und rauh war. Er hielt den Blick gesenkt, bis die Folge schneidender Seufzer, verhaltener Tränen vorüber war. Er wartete. Er dachte: das alles ist es nicht. Onkel Edi und die Pensionsabrechnung bringen sie nicht so vollkommen aus der Fassung. Es mußte etwas ganz anderes sein, und plötzlich fiel ihm ein, daß es etwas sein mußte, das ihn betraf, und er spürte, daß er blaß wurde. Es gab wohl nichts, was die Mutter so aus der Fassung bringen würde als etwas, was ihn betraf. Er blickte einfach auf. Die Mutter hatte den Mund fest zugekniffen, ihre Augen waren naß, und sie preßte sich jetzt die Worte ab, hart und knapp öffnete sie den Mund. Sie sagte stockend: »Es ist eine Karte für dich gekommen, in der Diele – liegt sie...«

Er stellte sofort die Tasse ab, stand auf und ging in die Diele – er sah die Karte schon von weitem, sie war weiß und vollkommen normal, eine reichsgenormte Karte 15 mal 10 Zentimeter. Sie lag unschuldig auf dem Tisch neben der dunklen Vase mit Fichtenzweigen. Er ging sehr schnell darauf zu und nahm sie in die Hand, las die Adresse, sah den aufgeklebten weiß-rot-schwarzen Zettel, mit dem roten Rechteck, darin das sehr fette schwarze R, dann drehte er die Karte um, las zuerst nur die Unterschrift, sie war unleserlich über ein sehr langes Wort geschrieben, das Wehrbezirkskommando hieß. Darunter stand getippt: Major.

Er war ganz still, und nichts hatte sich geändert. Es war nur eine Postkarte gekommen, eine ganz normale Postkarte, und das einzige handgeschriebene Wort war dieser unleserliche Kritzler irgendeines Majors. Das grünliche Licht aus dem Oberteil der Korridortür ließ alles wie in einem Aquarium schwebend erscheinen ... die Vase stand noch da, sein Mantel hing an der Garderobe, Mutters Mantel hing da, ihr Hut daneben, Mutters Sonntagshut mit dem zierlichen weißen Schleier oben, jener Hut, den sie sonntags in der Kirche trug, wenn sie neben ihm kniete, still betend, während er langsam die Seiten des Meßbuches umschlug. Es war alles in Ordnung, draußen durch die offene Küchentür hörte er das Lachen der Schreiner im Hof, der Himmel war wieder klar und heiter, das Gewitter vorüber, es war nur eine Postkarte gekommen, flüchtig unterkritzelt von irgendeinem Major, der sonntags vielleicht nicht weit von ihm in der Kirche kniete, seine Frau beschlief, seine Kinder zu anständigen deutschen Menschen erzog und werktags stoßweise Postkarten unterschrieb. Es war alles sehr harmlos...

Er wußte nicht, wie lange er dort mit der Postkarte gestanden hatte, aber als er zurückkam, saß die Mutter da und weinte. Sie hatte einen Arm aufgestützt, hielt den zuckenden Kopf in dieser aufgestützten Hand, die andere lag untätig, wie nicht zu ihr gehörend, arm, breit und verbraucht im Schoß...

Er ging auf sie zu, hob ihren Kopf hoch und versuchte, sie anzusehen, aber er ließ sofort davon ab. Das Gesicht der Mutter war verzerrt, fremd, er hatte es noch nie gesehen, ein Gesicht, das ihn erschreckte, zu dem er keinen Zutritt hatte und keinen verlangen durfte...

Er setzte sich schweigend, schlürfte am Kaffee und nahm eine Zigarette, ließ sie aber plötzlich fallen und starrte geradeaus.

Dann sagte eine Stimme hinter der aufgestützten Hand her: »Iß doch was...«

»Du mußt nicht böse sein.«

Er goß Kaffee ein, tat Milch hinzu und ließ zwei Stücke Zucker hineinfallen, dann zündete er die Zigarette an, nahm die Karte aus der Tasche und las leise vor: »Sie haben sich am vierten Juli, morgens um sieben Uhr zu einer achtwöchigen Übung in der Bismarckkaserne in Adenbrück einzufinden.«

»Mein Gott«, sagte er laut, »sei doch vernünftig, Mutter, acht Wochen.«

Sie nickte.

»Das mußte kommen, ich wußte ja, daß ich zu einer achtwöchigen Übung wegmuß.«

»Ja, ja«, sagte sie. »Acht Wochen.«

Sie wußten beide, daß sie logen; sie logen, ohne zu wissen, warum sie logen. Sie konnten es nicht wissen, aber sie logen und wußten es. Sie wußten, daß er nicht nur für acht Wochen wegging.

Sie sagte wieder: »Iß doch was.«

Er nahm eine Scheibe Brot, schmierte Butter darüber und legte Wurst darauf und fing an, sehr langsam und ohne Appetit zu kauen.

»Gib mir die Karte«, sagte die Mutter.

Er gab sie ihr.

Ihr Gesicht hatte einen seltsamen Ausdruck, sie war sehr ruhig, sie blickte die Karte genau an, las sie leise durch.

»Was ist heute?« fragte sie, als sie die Karte auf den Tisch legte.

»Donnerstag«, sagte er.

»Nein«, sagte sie, »der wievielte?«

»Der 3.«, sagte er.

In diesem Augenblick erst begriff er, was die Frage bedeutete. Sie bedeutete, daß er würde abfahren müssen und zwar an diesem Tage noch, anderntags um sieben Uhr mußte er dreihundert Kilometer weiter nördlich sein, in der Kaserne einer fremden Stadt...

Er legte die angebissene Brotscheibe zurück, es hatte keinen Sinn, Appetit vorzutäuschen. Die Mutter bedeckte wieder ihr Gesicht und fing an, heftig und merkwürdig lautlos zu weinen...

Er ging in sein Zimmer und packte seine Aktentasche. Er knüllte ein Hemd hinein, eine Unterhose und Socken, Schreibpapier, dann räumte er die Schubladen aus und warf den Inhalt, ohne ihn anzusehen, in den Ofen, riß ein Blatt aus einem Heft, faltete es zusammen, zündete es an und hielt es unten an den Papierhaufen: Es dampfte erst nur dick und weißlich, langsam fraß sich das Feuer durch, bis es lodernd und summend oben aus dem Deckel schlug, eine schmale und heftige Flamme, in schwarzen Qualm getaucht. Während er alle Schubladen und Fächer noch einmal durchwühlte, ertappte er sich dabei, daß er dachte: Weg, nur schnell weg, weg von der Mutter, dem einzigen Menschen, von dem er hätte sagen können, daß er ihn liebte...

Er hörte, daß sie mit dem Tablett in die Küche zurückging, er überquerte die Diele, klopfte flüchtig an die Milchglasscheibe und rief hinein: »Ich bin zum Bahnhof, bin gleich wieder da.«

Sie antwortete nicht gleich, er wartete, und er spürte die kleine weiße Postkarte in seiner Hosentasche. Dann rief die Mutter: »Es ist gut, komm bald zurück. Auf Wiedersehen...«

»Auf Wiedersehen«, rief er, dann stand er noch einen Augenblick still und ging hinaus...

Als er nach Hause kam, war es halb eins, und das Essen war fertig. Die Mutter trug Schüsseln, Bestecke und Teller ins Wohnzimmer...

Jetzt in der Erinnerung erschien ihm dieser erste qualvolle Nachmittag schlimmer als der ganze Krieg. Sechs Stunden blieb er noch zu Hause. Immer wieder versuchte die Mutter, ihm Dinge aufzudrängen, von denen sie glaubte, daß er sie unbedingt gebrauchen würde; besonders weiche Frottiertücher, Pakete mit Eßwaren, Zigaretten, Seife. Und die ganze Zeit über weinte sie. Er selbst rauchte, ordnete Bücher; wieder mußte der Tisch gedeckt, Brot, Butter, Marmelade, Gebäck vorne ins Zimmer getragen und Kaffee aufgebrüht werden.

Dann, nach dem Kaffee, als die Sonne schon hinter dem Haus stand und vorne wohltuender Dämmer herrschte, ging er plötzlich in sein Zimmer, klemmte die Tasche unter den Arm und kam in die Diele hinaus...

»Was ist?« fragte die Mutter, »du mußt...«

»Ja«, sagte er, »ich muß gehen«, obwohl sein Zug erst in fünf Stunden fuhr.

Er setzte die Tasche ab und umarmte die Mutter mit einer verzweifelten Zärtlichkeit. Sie entdeckte, während sie ihre Hände über seine Hüften legte, die Postkarte in der Tasche und zog sie heraus. Plötzlich war sie ruhig, und auch das Schluchzen hörte auf. Die Postkarte in ihrer Hand sah sehr harmlos aus, das einzig Menschliche daran war der Krakel des Majors, und auch dieser hätte ebensogut von einer Maschine geschrieben sein können, von einer Majorsunterschriftmaschine... Gefährlich war nur das aufgeklebte weißleuchtende Rechteck, hellrot abgesetzt mit einem schwarzen großen R darin, ein winziges Fetzchen Papier, wie sie an jedem Postamt in ganzen Rollen täglich verklebt wurden. Aber unter dem R entdeckte er jetzt eine Nummer; es war seine Nummer, das einzige, was die Karte von den anderen Karten unterschied, die Nummer 846, und er wußte jetzt, daß alles in Ordnung war, es konnte nichts passieren, in irgendeinem Postamt stand diese Nummer neben einer Spalte, die seinen Namen trug. Es war seine Nummer, und er konnte ihr nicht entfliehen, er mußte diesem fettgedruckten R nachrennen, er konnte nicht fliehen...

Er war die Einschreibenummer 846, sonst nichts mehr, und diese kleine weiße Postkarte, dieses nichtige Stück schlechten billigsten Pappedeckels, von dem das Tausend, sogar bedruckt, höchstens drei Mark kostete und das portofrei ins Haus geschickt wurde, das nur den Kritzler eines Majors bedeutete, den Handgriff eines Schreibers in eine Kartothek und den weiteren Kritzler eines Postbeamten in seinem Buch…

Die Mutter war ganz ruhig, als er ging, sie schob die Postkarte in seine Tasche zurück, küßte ihn und sagte leise: »Gott segne dich.«

Er ging, sein Zug fuhr erst um Mitternacht, und es war gerade sieben. Er wußte, daß sie ihm nachblickte, und wandte sich manchmal, während er zur Straßenbahn ging, um zu winken.

Fünf Stunden vor der Abfahrt des Zuges war er am Bahnhof. Ein paarmal lief er zwischen den Schaltern herum, studierte noch einmal die Abfahrtstafeln. Es war alles normal, die Menschen kamen aus den Ferien zurück oder fuhren in die Ferien, die meisten lachten, sie waren glücklich, braungebrannt, heiter und sorglos, es war warm und schön: Ferienwetter…

Er lief wieder hinaus, stieg in eine Straßenbahn, die ihn hätte nach Hause bringen können, sprang unterwegs ab und fuhr wieder zum Bahnhof zurück. Auf der Bahnhofsuhr stellte er fest, daß erst zwanzig Minuten vergangen waren. Wieder ging er eine Zeitlang rauchend zwischen den Leuten herum, stieg dann wieder in eine Bahn, irgendeine, sprang wieder ab und fuhr zum Bahnhof zurück, als hätte er gewußt, daß er acht Jahre auf Bahnhöfen sein würde, es zog ihn magnetisch zum Bahnhof…

Er ging in den Wartesaal, trank Bier, wischte den Schweiß ab, und plötzlich fiel ihm die kleine Kollegin ein, die er ein paarmal nach Hause gebracht hatte; er suchte in seinem Notizbuch die Telephonnummer, rannte zum Automaten, warf Geld ein und wählte, aber als sich am anderen Ende eine Stimme meldete, brachte er kein Wort heraus und hing wieder ein. Er warf noch einmal Geld ein und wählte wieder, wieder kam diese unbekannte Stimme, die Hallo sagte und einen Namen nannte, und er nahm seinen ganzen Mut zusammen und stammelte: »Kann ich Fräulein Wegmann sprechen; hier Schnitzler...«

»Augenblick«, sagte die Stimme ... und er hörte durch die Muschel das Wimmern eines Säuglings, Tanzmusik und eine schimpfende Männerstimme, eine Tür wurde geknallt. Der Schweiß stand ihm auf der Stirn, dann hörte er ihre Stimme, sie sagte »Ja?«, und er stammelte: »Ich bin es ... Hans ... kann ich Sie noch einmal sprechen, ich muß weg ... zum Kommiß ... heute noch...«

Er merkte, daß sie sehr erstaunt war, und sie sagte: »Ja ... aber wann und wo...«

»Am Bahnhof«, sagte er, »sofort ... an der Sperre...«

Sie war sehr schnell da, eine zierliche kleine Blondine mit einem runden, sehr roten Mund und einer hübschen Nase. Zur Begrüßung sagte sie lächelnd: »Das ist aber eine Überraschung.«

»Was möchten Sie, was sollen wir tun?«

»Wie lange ist noch Zeit?«

»Bis zwölf.«

»Gehen wir ins Kino«, sagte sie.

Sie gingen in der Nähe des Bahnhofs ins Kino, in ein schmutziges kleines Kino, das man über einen Hinterhof betreten mußte, und als sie im Dunkeln nebeneinander saßen, wußte er plötzlich, daß er ihre

Hände nehmen und festhalten mußte, solange der Film lief. Die Luft war heiß, es roch dumpf, und die meisten Sitze waren leer, es war ihm irgendwie widerwärtig, wie selbstverständlich sie ihm ihre Hand ließ, aber er hielt sie zwei Stunden lang fest, fast krampfhaft, und als sie aus dem Kino kamen, war es endlich dunkel, und es regnete...

Als er mit ihr in den Park einbog, klammerte er sich rechts an seine Aktentasche und drückte sie mit dem linken Arm an sich, sie gab wieder nach: er spürte die Wärme ihres duftenden kleinen Körpers, sog den Geruch ihrer feuchten Haare ein und küßte sie, auf den Hals, auf die Wangen, und er erschrak, als er ihren weichen Mund mit den Lippen berührte...

Ihre Hände hatte sie fest und ängstlich auf seinem Rücken verklammert; die Aktentasche war ihm entglitten und er wurde sich plötzlich bewußt, während er sie küßte, daß er die Bäume und Sträucher zu beiden Seiten des Weges zu erkennen versuchte: er sah den silbrig feuchten Weg, der von Regen glänzte, die triefenden Sträucher und schwarzen Baumstämme, und den Himmel, auf dem schwere Wolken hastig nach Osten jagten...

Sie gingen ein paarmal die Wege auf und ab, küßten sich, und in gewissen Augenblicken glaubte er Zärtlichkeit für sie zu empfinden, etwas wie Mitleid, vielleicht auch Liebe, er wußte nicht; er zögerte ihre Rückkehr in beleuchtete Straßen hinaus, bis es rings um den Bahnhof so still wurde, daß er glaubte, es müsse Zeit sein...

Er zeigte an der Sperre seine Postkarte vor, ließ ihre Bahnsteigkarte lochen und war froh, daß der Zug schon dampfend bereit stand in der großen leeren Halle; er küßte sie noch einmal, stieg ein. Als er sich vorbeugte, um zu winken, hatte er Angst, sie würde weinen, aber sie lächelte ihm zu, winkte lange und heftig, und er fühlte, daß er erleichtert war, weil sie nicht weinte...

Er kam gegen sechs in der fremden Stadt an; Milchwagen standen vor den Türen und Tüten mit Brötchen wurden von eiligen Bäckerjungen vor die Stufen gesetzt – er sah die Jungen mit mehlverstaubten Gesichtern, blasse und doch heitere Gespenster des frühen Morgens. Aus einer Bar taumelten ein paar Männer und ein Soldat. Er hatte keine Lust, jemand nach dem Weg zu fragen, und ging hinter dem Soldaten her; er blieb stehen, als dieser an der Straßenbahnstation hielt und sich zwischen die stummen Arbeiter stellte, die ihn gleichgültig musterten...

Ihm war übel; irgendwo hatte er nachts laue Fleischbrühe getrunken und zähe Brötchen dazu gegessen, er war müde und fühlte sich schmutzig, und als die Bahn kam, folgte er wieder dem Soldaten und stellte sich neben ihn auf die Plattform. Er sah jetzt, daß es ein Unteroffizier oder Feldwebel sein mußte; das Gesicht des Soldaten war rot gedunsen und ausdruckslos; unter der steifen Mütze quoll dickes blondes Haar heraus; andere Soldaten stiegen ein, die ihn grüßten...

Die Straßen belebten sich, Wagen tauchten auf, Fahrräder, und die Plattform füllte sich mit pfeiferauchenden Arbeitern, die sich stumm irgendeiner Station entgegenschaukeln ließen; Schulkinder gingen über die Straße, schwere Ranzen auf den schmalen Schultern – und die Bahn fuhr immer weiter, durch Alleen, Straßen, leerte sich langsam, bis zuletzt nur noch die Soldaten drin waren...

Endlich kam die Endstation zwischen abgemähten Weizenfeldern und einer großen Gartenwirtschaft, und alle stiegen aus, und er folgte dem Feldwebel langsam, während die anderen Soldaten anfingen zu laufen.

Sie gingen an einem unendlich langen Zaun vorbei, der graue gleichförmige Gebäude umschloß: drinnen hörte er Pfeifen und Brüllen und sah Gesichter an den vielen Fenstern: lustlose graue Gesichter; und dann kam eine Lücke in dieser dichten Reihe Kästen, und der schwarzweißrote Schlagbaum hob sich vor dem Unteroffizier oder Feldwebel. Der Posten grinste, dann wurde das Gesicht des Postens ernster und spöttisch, auch vor ihm hob sich der schwarzweißrote Schlagbaum und er war Soldat...

Plötzlich hörte er in dieser unheimlichen Stille Schritte, er horchte auf und nahm die Zigarette aus dem Mund: sie war unten gelblich und feucht geworden; er hielt sie jetzt in der Hand und verfolgte die Schritte: Sie kamen von rechts hinter ihm, waren manchmal weniger deutlich zu hören, dann rollten Steine, und bald hörte er wieder den festen und regelmäßigen Schritt. Endlich tauchte der Mann an der Straßenkreuzung rechts auf: ein Arbeiter mit einer Ballonmütze, die Tasche unter den Arm geklemmt – ruhig ging er auf den umgestürzten Straßenbahnwaggon zu. Es schien unglaublich, fast widerwärtig, daß es hier noch Menschen geben sollte, die zur Arbeit gingen, pünktlich und regelmäßig, die Tasche unter dem Arm...

Er kletterte bis zum Vorgartengitter und wartete.

Der Mann hatte ihn jetzt gesehen, blieb stehen und kam dann mit langsamen Schritten heran; er ging ihm ein paar Schritte entgegen und sagte leise: »Morgen...«

»Morgen«, sagte der Mann vorsichtig, dann blickte er auf die Zigarette und sagte: »Feuer?«

»Ja«, sagte er...

Der Mann kramte umständlich in seiner Hosentasche, er sah dessen graues Haar, die buschigen, fast weißen Augenbrauen und die dicke freundliche Nase; dann schnappte das Feuerzeug vor seinen Augen und eine rußige Flamme sengte die Zigarette dunkel an...

»Danke«, sagte er, zog das Etui heraus, öffnete es und hielt es dem Mann hin. Der Mann sah ihn erstaunt an, zögernd...

»Bitte«, sagte er, »los...«

Und er beobachtete die zwei groben Finger des Mannes, die sich zögernd spreizten und eine Zigarette nahmen...

Der Mann steckte die Zigarette hinters Ohr, sagte leise: »Danke«, und ging...

Hans blieb rauchend am Vorgartengitter stehen: Er hatte sich angelehnt und wartete – er wußte nicht worauf –, er sah dem Mann lange nach, der sich weiterbewegte, oft hinter den Schutthalden verschwand und langsam steigend wieder auftauchte, dann verschwand er weit hinten in der Allee, wo die Bäume noch heil zu sein schienen; sie schimmerten grün, es war Mai...

III

Als er weiterging, begegnete ihm lange Zeit kein Mensch draußen. Die meisten Straßen waren nicht zu begehen. Schutt und Dreck türmten sich bis zu den ersten Stockwerken der leergebrannten Fassaden, und aus manchen Straßenzügen kam noch Qualm in großen dichten schweren Schwaden.

Um vom Gürtel zur Rubensstraße zu kommen, brauchte er fast eine Stunde, für einen Weg, den er früher in zehn Minuten hatte gehen können. Zwischen Mauerresten ragten Ofenrohre heraus, Qualm verteilte sich schleichend, und manchmal begegnete er einem schlechtgekleideten Mann oder einer Frau, die ein Kopftuch flüchtig umgebunden hatte.

In der Rubensstraße selbst schien kein Haus mehr zu stehen. Die große Badeanstalt am Eingang der Straße war zusammengesunken, zwischen den Trümmern war hier und da eine von den glänzenden grünen Kacheln des Schwimmbassins zu sehen. Hier, wo die großen Straßen sich früher vereint hatten, sah er auch mehr Menschen; sie alle gingen langsam, waren schmutzig und übellaunig...

Hinter einer Kulisse leergebrannter Hausfassaden hörte er schwere Fahrzeuge brummen, die in Richtung Rhein zu fahren schienen...

Er kletterte vorsichtig über die Trümmer in die Rubensstraße hinein. Irgendwo schrie ein Säugling hinter Fenstern, die mit schmutzigen Brettern verschalt waren, und eine Frauenstimme sprach sehr leise und klagend.

Vom Hause Nummer 8 stand noch der Eingang,

und ein paar Zimmer unten schienen heil zu sein, der Eingang war breit und tief, die Giebelmauer war eingedrückt, und die Deckenbalken ragten stumpf in den grauen Himmel. Als er eintreten wollte, kam ihm eine alte Frau entgegen mit einem grünen Kopftuch: ihr Gesicht war gelb und schlaff, strähniges schwarzes Haar hing ihr in die Stirn. Sie hielt eine Kohlenschaufel mit Hundedreck in der Hand: Sie ging ein paar Schritte bis zum nächsten Trümmerhaufen, schleuderte den Dreck mit einer müden Bewegung ab und kam zurück.

Er sagte: »Gompertz, bin ich hier richtig bei Gompertz?«

Sie nickte nur.

»Frau Gompertz«, fragte er weiter in ihr teilnahmsloses Gesicht hinein, »ist Frau Gompertz da?«

Wieder nickte sie; für einen Augenblick fielen die dicken Lider über ihre entzündeten kleinen Augen und ihr Gesicht schien eine Sekunde lang endgültig tot zu sein...

»Kommen Sie«, sagte sie leise.

Er ging hinter ihr her in den Flur. Es war dunkel, und sie blieb so plötzlich vor ihm stehen, daß er ganz nah ihr schlaffes Gesicht sah, sie roch nach Küche, nach Spüldunst, die Pupillen bewegten sich mit einer erschreckenden Langsamkeit, als müßten sie irgendwo mit großer Mühe gedreht werden. Sie blickte ihn an, ihre Stimme war leise und heiser.

»Damit Sie es wissen«, sagte sie ruhig, »sie ist krank...«

»Ich weiß«, sagte er.

Sie ließ plötzlich die Unterlippe hängen, wandte sich wieder ab und ging ihm voraus, und jedesmal, wenn sie sich umwandte, sah er die dicke gelbliche

Unterlippe herunterhängen, die ihrem Gesicht den Ausdruck eines ekelhaften Grinsens gab.

Sie kamen in eine sehr geräumige Diele, und er sah durch ein bläuliches Oberlicht in die leere schwarzgebrannte Hülle des Hauses hinein. Hier unten standen überall staubbedeckte Möbel, Kleider lagen lose über Kisten und Koffern und Tischen, und in einer Ecke stand ein offenes Klavier wie ein Ungeheuer mit tausend falschen Zähnen. Die Frau legte die Kohlenschaufel auf einen Tisch, sah ihn noch einmal an, horchte erst, indem sie das Ohr an ein Schlüsselloch legte, und rief dann laut: »Frau Gompertz?«

Sofort antwortete eine sehr kalte Stimme: »Ja?«

»Ein Herr möchte Sie sprechen.«

»Einen Augenblick.«

Sie blickte ihn wieder an. »Sie liegt immer zu Bett«, flüsterte sie.

Die Stimme hinter der Tür rief jetzt: »Es ist gut«, die Alte öffnete ihm die Tür, und er trat ein.

Das Zimmer war groß und hoch und sah sehr sauber aus. Der Parkettboden war sogar gespänt, die gelben Bretter waren glatt und glänzend. Über dem großen schwarzen Bett in der Ecke sah er eine Marienstatue auf hölzernem Sockel mit einem kleinen rötlichen Licht davor. Sonst stand nur ein Stuhl und ein Nachttisch im Zimmer, und er sah, daß die schadhafte Decke mit dicken weißen Papierstreifen vernagelt war. An den Wänden hingen dunkle Ölgemälde, von denen er ahnte, daß sie echt waren und kostbar. Er blieb an der Tür stehen, das alles erschien ihm zu feierlich – zu still auch und zu schön...

Die klare Stimme sagte leise: »Kommen Sie bitte und setzen Sie sich.«

Die Frau hatte eine dunkle hochgeschlossene Jacke

an und ihr Gesicht erschien blasser, je näher er kam; das Haar war sehr hell, fast farblos, es schien lose und dünn zu sein und erinnerte ihn an die Perücken blasser Puppen. Er ging langsam näher.

Sie sagte noch einmal: »Setzen Sie sich doch hier.«

Auf der Marmorplatte des Nachttischs stand ein kleines schwarzes Kruzifix, es war grob in einem Holzklotz eingelassen...

Er setzte sich. Er konnte nichts sagen, er öffnete plötzlich hastig seinen Mantel und deutete auf die Feldbluse, die er darunter trug, auf die Feldwebellitze, die Orden auf der Brust und die Sterne auf der Schulter. Alles war noch neu, die Litze blinkte noch und die Knöpfe waren unversehrt, ohne den geringsten Kratzer.

Sie nickte nur, ihr Gesicht blieb ruhig, matt eingebettet in das helle Haar.

»Es ist gut«, sagte sie, »ich wußte es, aber wie ... Sie müssen mir sagen, wie...«

Er war aufgestanden, hatte den Mantel ganz ausgezogen, den Rock abgestreift, nahm jetzt den Zettel aus der Tasche und gab ihn ihr mit dem Rock. Auch jetzt veränderte sich ihr Gesicht nicht, er blickte von ihr weg und sah in das große mit Tüchern verhangene Fenster. Die Sonne war durchgekommen, sie stand über der Fensterbank, das Tuch färbte sich rot, schien sich vollzusaugen mit Rot wie mit einer feinen Flüssigkeit, die sich unmerklich verdichtete, jede Faser des Stoffes erfüllte, und er sah jetzt, daß die Bilder an den Wänden wirklich kostbar waren: sie schienen mit Licht gemalt, sie zeigten ruhige Patriziergesichter über samtenen Kragen.

Er wandte sich langsam wieder der Frau zu und war erstaunt: sie fühlte vorsichtig die Nähte ab an den unteren Rändern des Schoßes, lächelte, nahm ein Messer aus der Nachttischschublade und fing an, den Saum aufzutrennen.

Ihre Hände waren so ruhig wie das Gesicht, sie schnitt ein paar Stiche los, riß dann mit einem sicheren Ruck das ganze Futter los, vorsichtig fuhr ihre linke Hand in die dunkle Höhlung und brachte einen Bogen Papier zutage, der zusammengefaltet war. Sie reichte ihm das Papier und sagte leise: »Lesen Sie...«

Er faltete das Blatt auseinander und las:

O.U., den 6. Mai 1945. Ich, der Unterzeichnete Feldwebel Willi Gompertz, vermache mein gesamtes bewegliches und unbewegliches Eigentum meiner Frau Elisabeth Gompertz geb. Kreutz. Darunter stand sehr deutlich zu lesen: Willi Gompertz, Feldwebel; dann kam eine unleserliche Unterschrift, ein runder Stempel mit einer Feldpostnummer und das deutlich geschriebene Wort Oberstleutnant...

Er gab ihr das Papier stumm zurück.

»Was ist«, fragte sie, »sind Sie böse?«

Er sagte nichts und blickte wieder zum Fenster hin, die glühende Flüssigkeit hatte sich verstärkt, schien üppiger geworden zu sein, dicker und heftiger...

»Was ist denn?« fragte sie wieder. Sie war sehr ernst und ruhig, und er sagte in ihr Gesicht hinein: »Er hat mir meinen Tod gestohlen, ihr Mann hat mir meinen Tod gestohlen. Ich glaube, ich weiß, was los ist. Diesen schnellen und sauberen Tod, den durfte ich nicht behalten, den hat er für sich ausersehen, der mußte mir geklaut werden. Außerdem war es sogar ein Heldentod, ein richtiger Heldentod, und der stand mir nicht zu, ich weiß. Ich sollte leben, ich wollte sogar leben – – und er wollte mir das Leben schenken, aber ich begreife jetzt, daß man jemand das Leben schenken kann, indem man ihm den Tod stiehlt.«

Sie hatte sich zurückgelehnt, und gegen die dunkle Tönung des Bettes sah ihr Gesicht noch bleicher aus.

Er fuhr fort: »Ich sollte erschossen werden wegen Fahnenflucht. Sie hatten mich geschnappt. Die Amerikaner waren schon sehr nah. Ihr Mann war Schreiber beim Feldgericht, nicht wahr?« – Sie nickte. – »Es sollte alles sehr schnell gehen, die Amerikaner waren so nah, man hörte schon den Kampflärm der Infanterie. Ihr Mann kam abends in die Scheune zu mir, in der ich auf meine Erschießung wartete. Er kam mit seiner Taschenlampe, leuchtete das Heu ab, er leuchtete mir ins Gesicht und sagte: ›Steh auf.‹ Ich stand auf. Ich sah sein Gesicht nicht, es war ganz im Dunkeln. Er fragte: ›Du willst nicht sterben...‹ ›Nein‹, sagte ich... ›Geh stiften‹, sagte er. ›Schön‹, sagte ich und wollte an ihm vorbeigehen. ›Moment‹, sagte er, ›zieh meinen Rock an.‹ Ich sah sein Gesicht immer noch nicht. Er legte die Lampe ins Heu, und ihr Schein traf oben die staubige Scheunendecke, und in dem zurückfallenden Schein sah ich sein Gesicht: es war gleichgültig. Er zog seinen Rock aus, nahm mir meinen ab und sagte: ›Geh.‹ Ich ging. Ich versteckte mich im Hof gegenüber, und dann hörte ich, daß der Infanterielärm plötzlich sehr nahe kam, sah, daß sie anfingen, ihre Wagen zu beladen, sehr schnell und hastig, und eine Stimme, die Stimme des Richters schrie immer wieder: ›Gompertz, wo ist Gompertz?‹ – und die Stimme schrie vergebens, und kurz bevor sie abfuhren, holten sie ihn aus der Scheune und erschossen ihn. Man hörte es kaum. Granatwerfer schlugen schon im Dorf ein, und das

Knallen der Panzergeschosse platzte über den Dächern...« – er schwieg einen Augenblick – »Ein paar Minuten nur war ich allein in dem Dorf, allein mit dem Misthaufen und dem Toten, der keine dreißig Schritt von mir entfernt im Dämmer vor der Scheune lag – er hat ein gutes Geschäft gemacht« – er schwieg wieder, sah auf die braven, blassen Gesichter über den Samtkragen, und fügte leise hinzu, indem er aufstand: »in dieser Familie werden seit vielen hundert Jahren gute Geschäfte gemacht, ich weiß...«

Er schwieg...

»Mein Gott«, sagte die Frau leise, und es schien ihm zum ersten Male, als sei sie nicht gleichgültig. »Mein Gott, aber er fragte Sie doch, ob Sie leben wollten...«

»Jaja«, sagte er, »ich weiß, er fragte mich. Sie fragen immer, sie sind nie im Unrecht...«

Sie sagte ruhig: »Es ist nichts zu ändern, nun müssen Sie leben, und eines Tages werden Sie froh sein, Gott wird Ihnen helfen. Ich danke Ihnen für den Rock – fanden Sie den Zettel schnell?«

»Ich fand ihn, als ich nach Zigaretten suchte.«

Sie lächelte. »Waren noch Zigaretten drin?«

»Ja«, sagte er, »zwei...«, und er griff plötzlich in die Tasche des Mantels, ließ das Etui aufschnappen, nahm zwei Zigaretten und warf sie ihr aufs Bett. »Da«, sagte er. Sie blickte ihn erschreckt an. »Sonst werden Sie noch sagen, ich sei gut bezahlt worden für den Botengang, der mich meinen Tod kostete.«

Er wandte sich um und ging, und er hörte, daß sie weinte, als sie ihm nachrief: »Aber Sie müssen doch einen Rock haben – wie heißen Sie, um Gottes willen – wie heißen Sie denn...«

Er blieb an der Tür stehen und sah sie noch einmal

an: sie weinte wirklich: »Um Gottes willen, lassen Sie mich doch etwas für Sie tun, wie heißen Sie denn...«

»Ich weiß nicht«, sagte er ruhig, »wirklich, ich weiß nicht, welchen Namen ich im Augenblick habe, wirklich, ich weiß nicht; zuletzt hieß ich Hungretz – wie ich jetzt heiße, weiß ich nicht, der Zettel ist irgendwo in meiner Tasche ... auf Wiedersehen...«

Er blickte sich nicht mehr um...

In der Diele begegnete ihm die Alte wieder. Sie hatte die Schürze voll Kartoffelschalen. »Ist er tot?« fragte sie leise.

Er nickte.

»Ich dachte es mir«, sagte sie ruhig, »fiel er zuletzt noch?«

»Er wurde erschossen...«

»Mein Gott«, rief sie, »wenn das der alte Herr erfährt –– von wem denn, von den Deutschen?«

»Von den Deutschen...«

»Von den Deutschen, um Gottes willen«, sie ging kopfschüttelnd voran – wieder durch die Diele und den langen dunklen Flur.

»Mein Gott«, sagte sie wieder, als sie draußen standen, »warum denn von den Deutschen, sagte er etwas wegen dem Sieg oder so?«

»Nein, es war ein Irrtum, er wurde irrtümlich erschossen.«

Sie ging stumm bis zum nächsten Schuttberg und warf die Kartoffelschalen weg, und als er sich einmal umwandte, stand sie immer noch und blickte ihm nach.

IV

Später fiel ihm ein, daß er jetzt Keller hieß, Erich Keller. Während er in der Stadt herumrannte, prägte er sich den Namen ein, murmelte ihn sich vor, lange und eindringlich: Erich Keller. Zwischendurch überlegte er auch, wie er an zweitausend Mark kommen konnte, sich diesen Namen endgültig zu kaufen, bis es soweit sein würde, daß er seinen eigenen wieder würde annehmen können. In Wirklichkeit hieß er Schnitzler, Hans Schnitzler, die Postkarte damals war an Hans Schnitzler adressiert gewesen, aber bevor er erschossen werden sollte, hatte er Hungretz geheißen, erschossen werden sollte er als Unteroffizier Hungretz; kurz davor hatte er sich ein paar Monate Wilke genannt, Hermann Wilke, Obergefreiter: fast dreiviertel Jahre hatte er eine winzige Urkundenfabrik mit sich herumgeschleppt: einen Dienststempel und einen Packen Formulare, die viel bedeuteten: Marken, soviel er brauchte. Namen, soviel er sich geben wollte: eine Urkundenfabrik, mit der er eine halbe Kompanie Soldaten hätte illegal marschieren lassen können, eine imaginäre Privatarmee, die nach imaginären Zielen marschierte und dennoch von strammer Legalität gewesen wäre, weil der Dienststempel echt war; bevor er Wilke geheißen hatte, war er als Waldow durch die Gegend gefahren, davor Schnorr: er wählte die Namen, wie sie ihm gerade während des Schreibens einfielen, er schuf Existenzen, die es nicht geben durfte und in Wirklichkeit nicht gab, die aber ein Scheinleben gewannen durch den Druck eines Stempels auf ein Papier, die Prägung eines Gummirundstücks auf ein grüngestreiftes Stück Papier verlieh ihnen Legitimität; und diese Varianten seiner selbst lebten in Listen und Büchern weiter, ohne je gelebt zu haben, in Übernachtungsbaracken und Markenausgabestellen, an Suppenstationen und Bahnhofskinos. Sogar Socken und eine Pistole hatte er sich irgendwo auf einen Namen geholt, der ihm jetzt nicht mehr einfiel, eine dieser Varianten, geschaffen durch ein Instrument, das so nichtig war, daß er kaum darüber hätte lachen können: ein auf Holz geleimtes Stück Gummi mit ein paar erhabenen Ziffern, die eine Nummer bedeuteten, umkränzend einen Hoheitsadler, der in seinen Klauen ein winziges Hakenkreuz hielt: das war alles, die ganze Herrlichkeit, und ein Fetzen Papier, der diese Hochstapelei des Nichts vervollständigte... Er hatte viele Namen gehabt in dieser Zeit, die erst vor drei Tagen zu Ende gewesen war und ihm unendlich weit zurückzuliegen schien; er wußte sie nicht mehr alle. Erschossen werden sollte er als Hungretz, das fiel ihm wieder ein, als er durch die Stadt schlenderte und sich seinen augenblicklichen Namen einprägte: Keller, Erich Keller – einen Namen, der sehr teuer war: zweitausend Mark...

Später kam er in Viertel, wo noch Häuser standen, bewohnte Häuser. Zwischen zwei nassen Aschehaufen, von denen gelbliche Flüssigkeit sich auf den rissigen Asphalt verteilte, stand eine Frau mit schmutzigem blonden Haar, ein graues Gesicht mit toten Augen. »Brot«, rief sie ihm zu, »Brot.« Brot, dachte er und blieb stehen; er sah sie an. »Brot«, rief sie wieder – »Brotmarken.« Er fing an, in seiner Tasche nach Geld zu suchen – er fand noch sechs Mark, dreckige Scheine, die er ihr hinhielt. »Brot«, sagte er. Sie schüttelte den Kopf. »Zwanzig Mark zwei Pfund«, sagte sie. Er versuchte zu rechnen, während er sie anstarrte, aber es gelang ihm nicht. »Für fünf Mark«, sagte er, »ein halbes Pfund.« Sie zog ihre Hand aus der Manteltasche und fing an, in einem Klumpen schmutziger rötlicher Marken herumzusuchen. Er gab ihr fünf Mark und sah die Marken auf seiner Hand liegen, winzige Fetzen bedruckten Papiers. »Gibt es etwas drauf?« fragte er leise. Sie riß ihre Augen empört auf und klapperte mit den Lidern wie eine Puppe. »Klar«, sagte sie, »es ist doch Frieden, weißt du es nicht.« »Frieden«, sagte er, »seit wann?«

»Seit heute morgen«, sagte sie, »seit heute morgen ist Frieden ... der Krieg ist aus...«

»Ich weiß«, sagte er, »aus war er schon lange, aber Frieden?«

»Wir haben kapituliert, glaubst du es nicht?«

»Nein...«

Sie rief einen Amputierten, der wenige Schritte weiter auf einem Mauerstumpf saß und eine offene Packung Zigaretten vor sich hielt. Er kam herbeigehumpelt. »Er glaubt nicht, daß Frieden ist«, rief sie. »Wo kommst du denn her?« Er schwieg.

»Doch, es stimmt, der Krieg ist aus, richtig aus. Wußtest du es nicht?«

»Nein«, sagte Hans, »wo kann ich Brot kaufen auf diese Marken. Sind sie gut?«

»Ja«, sagte der Amputierte, »sie sind gut. Wir betrügen keinen – gleich die Ecke herum ist der Bäcker. Willst du Zigaretten?«

»Nein, sie sind sicher zu teuer.«

»Sechs Mark...«

Er bekam wirklich Brot auf die Marken in einer Bäckerei um die Ecke, es wurde sorgfältig abgewogen, fünf Scheiben, und da die letzte, die die Frau auf die Waage warf, zu dick war, so daß der Zeiger der Waage auf zweihundertsiebzig Gramm schlug, schnitt sie eine Ecke ab und legte sie in einen besonderen Korb...

Und er feierte den Beginn des Friedens auf einem Mülleimer sitzend, indem er vorsichtig und feierlich seine Brotscheiben aß und nachdenklich die Groschen zählte, die er von der Bäckerin zurückbekommen hatte...

Er hatte nicht gewußt, daß das Brot so teuer war. Langsam grub er seine Hand in die Manteltasche, um das Zigarettenetui herauszuholen, und als er den zusammengeknüllten Briefumschlag fand, zog er ihn heraus und las ihn noch einmal: Regina Unger, Märkische Straße 17...

Die Trümmer, durch die er nun gehen mußte, waren anderer Art, mit dichtem Grün überwucherte Hügel, auf denen kleine Bäumchen wuchsen, dichtes buntes Unkraut kniehoch – sanfte kleine Hügel, zwischen denen die Straßen wie Hohlwege erschienen, friedliche ländliche Hohlwege, von groben Holzmasten gesäumt, die die Hochleitung der Straßenbahn trugen, und im Pflaster die blankgewetzten Schienenstränge. Er ging sehr lange in diesem Hohlweg, bis er jemand traf, der auf einem Stein hockte und unter einem gelblichen Pappeschild zu warten schien, das ein großes grünes H trug.

Der Mann, der dort hockte, sah ihn müde an und legte unwillkürlich schützend seine Hand auf einen zerschlissenen Sack, in dessen Löchern Kartoffeln sichtbar waren. »Hält hier die Bahn?« fragte Hans. »Ja«, sagte der Mann kurz und wandte ihm den Rükken zu. Hans setzte sich auf den Bordstein und erblickte sehr weit hinter diesen grünen Hügeln die Silhouetten ausgebrannter Häuser und die häßlichen Stümpfe zerstörter Kirchen, und plötzlich fiel sein Blick auf einen merkwürdigen großen Metallring, der aus einem Hügel herausragte und seine Form bewahrt zu haben schien: das Metall war schwarzgefressen von den Flammen, aber innerhalb der Rundung erkannte er unzerstört jenen stilisierten perversen Vogel, der einst als roter Hahn die Nacht erleuchtet hatte: die Lichtreklame einer Bar, die innerhalb eines großen Ringes einen Hahn gezeigt hatte, der sich dauernd zu überschlagen schien: einen tanzenden Gockel, dessen feuerrotes Licht inmitten der gelben und blauen und grünen Reklamen immer aufgefallen war. Er warf einen Blick zurück auf den Mann, der neben seinen Kartoffeln hockte, und fragte: »Das ist also die Große Straße?«

»Ja«, sagte der Mann mißmutig, und sein breiter finsterer Rücken bewegte sich nicht.

Allmählich sammelten sich Leute an der Station; es war nicht ersichtlich, woher sie kamen, sie schienen aus den Hügeln zu wachsen, unsichtbar, unhörbar, schienen aus dieser Ebene des Nichts aufzuerstehen, Gespenster, deren Weg und Ziel nicht zu erkennen war: Gestalten mit Paketen und Säcken, Kartons und Kisten, deren einzige Hoffnung das gelbe Pappeschild mit dem großen grünen H zu sein schien: lautlos tauchten sie auf und reihten sich stumm zu einem dichten Block zusammen, der erst Leben zeigte, als das Kreischen und Klingeln der Bahn zu hören war…

V

Die Frau, die im Türrahmen erschien, hatte einen langen schwarzen Mantel an, den Kragen hochgeschlagen, und ihr hübscher Kopf lag zwischen den hohen Kragenecken wie eine kostbare Frucht in einer dunklen Schale. Ihr Haar war hell, fast weiß, rund und blaß das Gesicht, und sofort fielen ihm ihre seltsam dunklen, fast dreieckigen Augen auf...

»Wie? Was bitte?« fragte sie.

Er sagte leise: »Ich bringe Ihnen Ihren Mantel zurück, Frau Unger – ich bediente mich seiner...«

»Mantel«, fragte sie mißtrauisch, »welchen Mantel?«

»Er hing im Krankenhaus«, sagte er, »unten in der Röntgenkabine, es war kalt ... ich...«

Sie war jetzt näher getreten, und er sah, daß sie lächelte, sie erschien ihm jetzt noch blasser. »Kommen Sie herein«, sagte sie leise, und er trat in das unordentliche Zimmer, in dem es muffig roch, und schloß die Tür...

Er stand unbeholfen da und sah sich um: niemand war zu sehen. Das Bett in der Ecke hinter der Tür war aufgeschlagen und unter dem Mantel der Frau, die sich rücklings auf etwas stützte, sah er die gelben Beine ihres Schlafanzuges. Offenbar hatte er sie aus dem Bett geklopft...

Er zog langsam den Mantel aus, nahm das Etui aus der Tasche, hielt ihr beides hin und sagte leise: »Es waren noch Zigaretten drin, verzeihen Sie ... ich habe sie geraucht...«

Sie nickte nur und er merkte plötzlich, daß sie ihm

weder zuhörte noch ihn überhaupt sah, obwohl sie ihn anstarrte. Hinter ihren bloßen dünnen Beinen sah er jetzt deutlich vier rohe Holzfüße, die durch Querstangen verbunden waren, das Untergestell einer Wiege oder eines Kinderbettes. Es war still und er sah jetzt an ihr vorbei auf das Fenster, das durch Läden verdunkelt war...

Dann ging plötzlich die trübe elektrische Birne aus, die über ihrem Kopf hing, und er rief unwillkürlich: »Mein Gott.«

»Das macht nichts«, sagte sie, »es wird gleich wiederkommen...«

Er blieb still stehen und hörte, daß sie eine Streichholzschachtel in die Hand genommen hatte; dann fiel der gelbe Schein des Hölzchens auf ihr Gesicht. Es wurde plötzlich wieder dunkler, nur eine stille Flamme blieb auf der Kommode neben dem Bett stehen, sie hatte eine Kerze angezündet...

»Setzen Sie sich«, sagte sie.

Da er nirgendwo einen Stuhl sah, setzte er sich aufs Bett.

»Sie müssen verzeihen«, fing er an.

»Still«, rief sie leise. »Reden Sie nicht mehr davon, bitte!«

Er schwieg und dachte: Ich könnte jetzt gehen, aber ich habe keine Lust zu gehen und außerdem weiß ich nicht wohin. Er sah die Frau an und ihre Augen ruhten einen Augenblick ineinander, und er sagte: »Es ist noch ganz hell draußen, Sie können die Kerze sparen.«

Sie schüttelte stumm den Kopf und warf einen Blick auf die Wiege, die mitten im Zimmer stand.

»Verzeihen Sie«, sagte er, »ich werde leise sprechen.«

Sie kniff die Lippen zusammen und ihm schien, als unterdrücke sie ein Lächeln; sie sagte sehr leise: »Ihre Stimme wird es nicht aufwecken ... nichts wird es aufwecken ... es ist tot ... schon begraben.«

Die Gleichgültigkeit ihrer Stimme traf ihn wie ein Schlag. Er zuckte zusammen. Er hatte das Gefühl, etwas sagen oder fragen zu müssen.

»Totgeboren?« fragte er und biß sich auf die Lippen.

»Nein«, sagte sie ruhig; sie legte sich mit einem Schwung ins Bett zurück, deckte sich zu und schloß den schwarzen Kragen eng um ihren Hals.

»Es starb«, sagte sie, »als die Amerikaner einrückten, vor drei Tagen; das süße Licht dieser Welt erlosch für seine Augen in dem Augenblick, als mir eine deutsche Maschinenpistole die Fensterscheiben einschoß« – sie zeigte auf die Fenster und er sah, daß sich hinter den zackigen Rändern der Einschußstelle die grüne abgebröckelte Farbe der Läden zeigte; ihr Finger ging weiter – »die Geschosse zischten oben an der Stuckdecke vorbei und der feine Gipsstaub bröselte wie Puderzucker auf uns herunter...«

Sie schwieg plötzlich und drehte sich zur Wand; sie lag ganz still, er hörte nicht einmal ihren Atem und ihre Schultern erschienen steif und unbeweglich wie Holz. »Ich will jetzt schlafen«, sagte sie, »ich bin sehr müde.«

»Auf Wiedersehen«, sagte er.

»Wo wohnen Sie denn?«

»Ich weiß nicht«, sagte er zögernd, wartete einen Augenblick und fuhr fort: »Ich meine – vielleicht könnte ich in einem Ihrer Zimmer schlafen.«

»Ich habe nur ein Zimmer«, sagte sie ruhig – »In der Ecke stehen zwei alte Matratzen und Decken liegen auf dem Schrank.«

Er schwieg. »Hören Sie nicht?« fragte sie, ohne sich umzuwenden und sich zu bewegen...

»Ja«, sagte er, »danke.« Er fand sofort die beiden alten roten Matratzen, aus denen das grünliche Seegras dumpf riechend herausquoll; er legte sie auf den Boden, stellte sich auf die Zehenspitzen, um vom Schrank zwei zusammengerollte Decken herunterzulangen, die nach Bunker rochen.

»Wenn Sie fertig sind«, rief sie vom Bett her, »machen Sie bitte die Kerze aus.«

»Ja«, sagte er und als er die Kerze ausgepustet hatte, rief er ihr leise zu: »Gute Nacht.«

»Gute Nacht«, sagte sie.

Obwohl er müde war, schlief er nicht gleich ein. Es tat ihm sehr wohl, die Beine richtig auszustrecken und zu wissen, daß er einen Ausweis hatte, der zunächst ausreichen würde. Manchmal lauschte er in die Stille, um ihren leisen Atem zu hören, und er beobachtete durch ein Dreieck zwischen den schief hängenden Läden, daß der Himmel draußen langsam dunkler wurde...

Als er wach wurde, war es noch nicht ganz hell, und er fror. Das Licht kam zwischen den schief hängenden Läden durch, so daß oben ein fahles Dreieck Tageslicht entstand; schwach breitete es sich im Zimmer aus...

Er lag am Boden so niedrig, daß er sie durch das Untergestell der Wiege im Bett liegen und rauchen sehen konnte. Sie stieß den Qualm in scharfen hellgrauen Stößen in den Bereich des Lichtes, er wirbelte herum wie eine Staubwolke, zog hellgrau an den dunklen Gegenständen im Zimmer vorbei und erschien wie Nebel. Ihr linker Arm hing mit der Zigarette zum Bett heraus, und er sah den bräunlichen Ärmel einer Strickweste, die sehr kleine weiße Hand und den qualmenden Stab der Zigarette; er sah ihr blasses rundes Gesicht, die hellen Haare, wirr um den Kopf, und die Augen, dunkel und still...

Dann erblickte sie ihn und sagte leise: »Guten Morgen.«

»Guten Morgen«, gab er heiser zurück.

»Ist dir kalt?«

Er spürte, wie es ihm seltsam heiß und erschrekkend den Rücken herunterlief, als er den Tonfall hörte, mit dem sie plötzlich du zu ihm sagte. Es war unverschämte Selbstverständlichkeit und etwas unbeschreiblich Rührendes...

»Ja«, sagte er heiser; er spürte, daß er seine Stimme kaum gebrauchen konnte, sie schien verschlissen zu sein, verschwunden.

Sie beugte sich vor und warf ihm eine zusammengerollte Decke hinüber, die neben seiner Matratze niederfiel und soviel Staub aufwirbelte, daß er husten mußte.

»Danke«, sagte er, rollte das Bündel auseinander, warf es über sich und steckte die Decke rings um seine Matratze fest.

Das Licht oben in dem Dreieck zwischen den Läden wurde nun heller, die wirbelnden Staubteilchen wurden deutlicher und schienen mehr zu werden.

»Willst du eine Zigarette?« rief sie leise.

»Ja«, sagte er und wieder spürte er das Du wie einen Schlag.

Sie griff unters Kopfkissen, nahm eine zerdrückte

Packung Zigaretten heraus, steckte eine an und holte zum Schwung aus – aber dann stockte sie und sagte leise: »Ich kann nicht – – kann jetzt nicht darüber werfen...« Er warf seine Decke beiseite, zog die Hose hoch, die er nicht ausgezogen hatte, und ging barfuß zu ihr hinüber; als er den Lichtstreifen durchquerte, spürte er eine leichte angenehme Wärme, blieb stehen und sah in die leere Wiege hinein: noch waren die Kissen zerdrückt, eine sanfte kleine Delle, in der das Kind gelegen haben mußte...

Plötzlich fiel Schatten über ihn, und er sah, daß die Frau aufgestanden war und am Kopfende der Wiege stand, sie hielt das Licht ab, das aus der Öffnung der Läden fiel, es sammelte sich auf ihrem schmalen Rücken und verteilte sich wie ein Strahlenkranz. Ihr blasses Gesicht war voll Schatten. Sie reichte ihm die Zigarette hinüber, und er steckte sie in den Mund. Sie hielt den Blick auf die Wiege gesenkt, und er sah, daß ihre Lippen zitterten.

»Ich kann nicht«, flüsterte sie, »ich kann nicht traurig sein. Ist es nicht komisch« – sie sah ihn an und es schien, als würde sie jetzt weinen – »es hört sich unnatürlich an, aber ich finde nichts Unnatürliches dabei – verstehst du – ich beneide es fast – diese Welt ist nichts für uns, verstehst du?«

Er nickte. Sie trat zurück und das Licht fiel ihm nun voll ins Gesicht und blendete ihn: es schien, als stiege die Sonne sehr schnell, der breite Lichtstrahl fiel nun schon so senkrecht, daß der untere Teil der Wiege im Schatten lag.

»Ich friere so«, sagte sie und er sah zu, wie sie die Decken beiseite schlug und ins Bett zurückkroch.

»Soll ich das Fenster öffnen?« fragte er leise, »draußen ist es schon ganz hell?«

»Nein nein«, sagte sie hastig, »laß es zu.«

Er ging zu seiner Lagerstatt, zog die Strümpfe über die Füße, nahm den Mantel, der immer noch auf dem Tisch lag, warf ihn über und setzte sich auf ihr Bett.

Er sog noch einmal heftig an der Zigarette, spürte, wie Schwindel und Übelkeit in ihm hochstiegen, knipste dann die Glut ab und steckte den Rest in die Tasche. Er wollte sie eine Menge Dinge fragen, brachte aber kein Wort über die Lippen. Er blickte an ihr vorbei in die Fensternische, sah den Tisch dort stehen mit Kleidern und Krempel vollgestapelt, links davon den Schrank, auf dem schmutziges Geschirr herumstand und ein paar ungeschälte Kartoffeln lagen, und er wußte plötzlich, daß er Hunger hatte. Es überfiel ihn wie ein Krampf, schluckte in ihm hoch wie ein unendliches Gähnen seines Magens...

»Haben Sie«, fragte er – – »hast du etwas Brot für mich...?«

Sie sah ihn an, und dieser Blick traf ihn wieder wie ein Schlag. Es schien ihm, als taumele er nach hinten und würde zugleich nach vorne gezogen...

»Nein«, sagte sie und ihr Mund bewegte sich kaum. »Ich habe kein Brot. Wenn es Brot gibt, bekomme ich etwas gebracht nachher...«

Er setzte sich etwas weiter zurück, so daß er sich an das Fußende des Bettes lehnen konnte, und er hörte sich plötzlich selbst sagen: »Kann ich bei dir bleiben – ich meine vorläufig – länger – immer?«

»Ja«, sagte sie sofort.

Sie hatten ihre Blicke wieder getrennt, und sie nahm jetzt ihren Arm unter dem Kopf weg, zog die Decke über die Schultern und drehte sich zur Wand...

»Du kannst bei mir bleiben«, sagte sie noch einmal,

»ich habe keinen Mann, auch keinen zu erwarten – – Ich habe – – ich bin erst einmal mit einem Mann zusammen gewesen – – vor einem Jahr – –. Das Kind, es war von ihm. Ich kenne ihn nicht, weiß nicht einmal seinen Vornamen, er sagte nur du zu mir und ich, ich sagte du zu ihm, das war alles. Und du, du hast eine Frau, nicht wahr?«

»Nein, sie ist tot.«

»Aber du denkst oft an sie.«

»Ich denke oft an sie, ich denke sehr oft an sie. Es macht mich sehr traurig, nicht weil ich sie liebte und sie nun entbehre – – nein nein, denk das nicht. Es ist ganz etwas anderes« – er lehnte sich zurück, legte sich quer übers Bett, bis er seinen Kopf an die Wand stützen konnte – und er bemerkte, daß sie ihre Füße hochzog, um ihm Platz zu machen. Sie sah ihn gespannt an, und als er die Kippe aus der Tasche zog, warf sie ihm die Streichholzschachtel zu – – »etwas anderes«, fuhr er fort. »Es macht mich traurig, daß ich sie gar nicht kannte, und daß sie nun weg ist, bevor ich ihr etwas Nettes sagen konnte. Ich war nicht nett zu ihr. Die Trauung war sehr schäbig, alles ging so hastig, alle zitterten vor Fliegeralarm, und es war kalt – aus den großen gotischen Fenstern der Kirche waren die Scheiben herausgenommen worden, und es zog durch die naßgewordenen Pappestücke, ein bräunlicher schmutziger Dämmer herrschte. Das Ewige Licht vorn am Altar legte sich dauernd schief, zischte, und die Lampe schwankte an der großen eisernen Kette, die hoch oben an einem Stein des Gewölbes befestigt war. Wir mußten fast eine halbe Stunde auf den Pfarrer warten, und es erschien mir wie eine Ewigkeit von Langeweile, während ich in den fetten blassen Nacken meines Schwiegervaters blickte – ein widerliches Stück Fleisch, das ich zum ersten Male sah. Dann kam der Pfarrer, ein mißmutiger Bursche, der flüchtig den Chorrock über die Soutane gestreift hatte...«

Er schwieg einen Augenblick, drückte die Glut von der Zigarette und ließ den Rest verschwinden.

»Zehn Minuten später waren wir verheiratet. Alle waren nervös. Beim geringsten Geräusch, das das eintönige Heulen des Windes durchschnitt, beim Knarren oder Hupen eines vorbeifahrenden Autos, oder wenn eine Straßenbahn kreischend an der Ecke hielt, zuckte alles zusammen und machte sich zur Flucht bereit.«

Er blickte sie an und seufzte. »Weiter«, sagte sie.

»Als wir nach Hause kamen, lag ein Telegramm für mich da, daß ich zurück mußte zum Osten, ich blieb keine halbe Stunde und fuhr ab – – obwohl – obwohl ich hätte einen Tag bleiben können...«

»Du warst nie mit ihr zusammen...«

»Doch«, sagte er, er schwieg wieder und blickte sie an; sie nickte ihm zu, fortzufahren...

»Sie besuchte mich zwei Monate später, als ich verwundet im Lazarett lag...«

Die Erinnerung an diese einzige Nacht ihres Zusammenseins war ihm jetzt so deutlich, daß er nicht darüber sprechen wollte, und er wußte plötzlich, daß er nie darüber sprechen würde. Er beugte sich vor, stützte seinen Arm auf die Bettkante, drehte ihr den Rücken zu und starrte auf die Wand, auf der sich das Lichtdreieck scharf, nun schon in halber Höhe der Türfüllung, abzeichnete.

Damals hatte er ihren Scheitel unter sich gesehen, die schmale weiße Straße ihres Scheitels, ihre Brüste an seiner Haut gespürt, den warmen Atem ihres Mundes im Gesicht, und seine Augen waren unendlich weit in die schmale weiße Straße ihres Scheitels hineingefallen.

Irgendwo auf dem Teppich hatte sein Koppel gelegen mit der deutlich sichtbaren erhabenen Aufschrift: Gott mit uns, irgendwo auch seine Feldbluse, deren Kragenbinde schmutzig war, und irgendwo tickte eine Uhr...

Die Fenster standen offen, und draußen auf einer Terrasse hörte er das sanfte Klirren feiner Gläser, hörte Männer leise lachen und Frauen kichern, der Himmel war sanftblau, eine herrliche Sommernacht.

Und er hörte ihr Herz schlagen, ganz nah an seiner Brust, und immer wieder fiel sein Blick die schmale weiße Straße ihres Scheitels hinab.

Es war dunkel, aber der Himmel hatte noch diese sanfte sommerliche Helligkeit, und er wußte, daß er ihr so nah war, wie er ihr näher nicht sein konnte, und doch unendlich weit von ihr entfernt. Sie sprachen kein Wort miteinander, keiner von ihnen erwähnte den Hochzeitstag, die Trauung, oder jene Abschiedsstunde vor zwei Jahren, als er sie zum Bahnhof bestellt hatte...

Er spürte, daß die Uhr ihn forttickte, das Ticken der Uhr war stärker als der Herzschlag an seiner Brust, von dem er nicht mehr wußte, ob es ihrer oder seiner war. Alles das hieß: Urlaub bis zum Wecken. Es hieß: schlaf noch mal bei einer. Deshalb mußte der Wecker ticken, und er hatte sogar eine Flasche Wein sich abholen dürfen.

Er sah die Flasche ganz deutlich, sie stand im Dunkeln auf der Kommode, und sie war nur ein ganz schmaler heller Streifen Licht. Das war die Flasche, ein heller Streifen Licht im Dunkeln, sie war leer, auf dem Teppich, wo Feldbluse, Hose und Koppel lagen, mußte auch der Korken liegen...

Später hatte er den Arm um sie geschlungen und rauchte mit der freien Hand. Sie sprachen kein Wort, alle ihre Zusammenkünfte zeichneten sich durch Stummheit aus. Er hatte immer gedacht, daß man mal mit einer würde sprechen können, aber sie sprach nicht...

Der Himmel draußen wurde immer dunkler, das leise Kurgastlachen auf der Terrasse erlosch, das Kichern der Frauen wurde zum Gähnen, und er hörte später den Kellner, der die Gläser heftiger zum Klirren brachte, wenn er vier oder fünf in einer Hand zusammenpackte, um sie wegzutragen. Dann wurden auch die Flaschen weggetragen, es klang dunkler, voller, zuletzt wurden die Tischtücher abgenommen, die Stühle aufeinandergestellt, Tische gerückt, und er hörte eine Frau lange, sehr sorgfältig fegen: die ganze Nacht schien nur aus dem Kehren jener unsichtbaren, sehr umsichtigen Frau zu bestehen, sie machte das fast lautlos und ruhig, sehr regelmäßig und sanft, er hörte das Huschen des Besens, und er sah im Geist die Frau von einem Ende der Terrasse zum anderen gehen, dann kam eine müde fette Stimme, die zur Tür herausfragte: »Noch nicht fertig?«, und die Frau antwortete ebenso müde: »Doch, gleich...«

Kurz danach war es ganz still draußen, der Himmel war dunkelblau geworden, von sehr weit entfernt kam noch Musik.

Die Uhr tickte weiter. Jede Minute, die verstrich, wunderte er sich, daß er noch lebte. Immer noch stand die Flasche da, ein viel kleinerer Strich im Dunkeln.

Die Frau neben ihm war plötzlich aufgeschreckt und hatte ihn angesehen, sie war sehr blaß, sehr schmal, ihre Augen schienen in diesem samtenen Dunkel riesengroß, und das hellbraune Kinderhaar machte sie so jung, sie blickte ihn fremd, fast erschreckt an, schloß dann die Augen wieder und nahm seine Hand...

So hatten sie nebeneinander gelegen, bis es hell wurde. Langsam stieg die Rotweinflasche aus der Finsternis heraus, ein Lichtstreifen, der immer breiter und heller wurde und sich zur plastischen Rundung vollendete, und die Feldbluse auf dem Boden mit der eingeknöpften schmutzigen Kragenbinde, und das Koppel mit der deutlich sichtbaren erhabenen Aufschrift: Gott mit uns, die sauber um das Hoheitszeichen mit dem Hakenkreuz gestanzt war...

Während er an alles das dachte und auf die Wand starrte, stieg das Lichtdreieck um eine Handbreit höher, es wurde gelb, sehr intensiv gelb, und er schätzte, daß es fast acht Uhr war; er wandte sich plötzlich um, als die Drahtmatratze knirschte, und sah, daß sie aufgestanden war; sie ging mit ihren nackten kleinen Füßen, den Schlafanzug zusammenhaltend, zum Tisch, auf dem die Kleider lagen, raffte allerlei Zeug zusammen und legte es sich über den Arm. Als sie zur Tür ging, blieb sie bei ihm stehen, zog die Schuhe über die Füße und fragte ihn leise: »Wann starb sie denn?«

»Später, als sie evakuiert wurde«, sagte er. Er war froh, daß er wieder sprechen konnte. »Der Zug wurde bombardiert, und man fand ihre Leiche auf dem Schotter zwischen den Schienen, keinerlei Spur einer Verletzung an ihr, ich glaube, daß sie vor Angst gestorben ist – – sie war sehr ängstlich...«

»Möchtest du, daß sie noch lebt?«

Er sah sie erstaunt an; er hatte noch nie daran gedacht, aber er sagte sofort: »Nein, ich möchte es nicht... ich gönne es ihr...«

Sie fing an, den schwarzen Mantel zuzuknöpfen, und warf die Kleider auf ihre Schulter. »Ich gehe mich anziehen«, sagte sie.

»So«, sagte er, und ehe sie hinausging, fragte er: »Hast du denn noch ein Zimmer...?«

Sie wurde nur für einen Augenblick rot, es stieg heftig in ihr blasses Gesicht und wich ebenso schnell wieder zurück. »Ja«, sagte sie, »aber ich hatte Angst, diese Nacht allein zu sein – – in der vorigen war es noch bei mir.«

Sie ging hinaus, und er hörte sie über den Flur schlurfen und irgendwo eine Tür öffnen. Er stand auf und ging zum Fenster...

Als er den Riegel beiseite geschoben und die Läden nach außen geschlagen hatte, schloß er sofort die Augen: draußen war es hell, die Sonne schien warm und kräftig, und in der Wildnis des Parkes jenseits der schmalen Straße wucherte es grün und üppig. Es schien ihm, als seien die Bäume noch nie von diesem heftigen Grün und so dicht belaubt gewesen, der Himmel war klar und die Vögel zwitscherten in den Gebüschen; heftig und stark war dieses Geräusch der durcheinander pfeifenden Vögel...

Fern, hinter den Schrebergärten, über den Bahndamm hinausragend, sah er die verkohlten Ruinen der Stadt, eine zerrissene finstere Silhouette – er spürte einen tiefen, bohrenden Schmerz und schloß das Fenster wieder. Drinnen war es nun wieder dämmerig und ruhig, das Vogelgezwitscher war ausgesperrt, und er begriff jetzt, daß sie das Fenster nicht hatte öffnen wollen.

VI

Er lag immer auf dem Bett und wußte nicht, woran er dachte. Meistens war er müde, aber er konnte manchmal nicht schlafen, und es regnete auch oft durch, aber er stand nicht auf, zog nur die Decke über den Kopf und ließ es regnen – irgendwie trocknete dann alles wieder. Manchmal rauchte er auch, wenn sie ihm Tabak oder Zigaretten brachte, und er aß Brot, trank Kaffee und Suppe: meistens gab es Suppe, und oft war auf dem Brot Marmelade. Er sah sie nicht oft, es gab Tage, an denen er sie gar nicht sah, dann hörte er nur, wie sie in die Küche ging, und morgens, wenn er wach wurde, stand er auf und fand in der Küche etwas zu essen: Margarine und Brot, und auf dem Kocher stand in einer Blechkanne Kaffee: er brauchte nur den Stecker einzustöpseln...

Aber meistens kam sie einmal am Tage in sein Zimmer: er wohnte jetzt in dem großen Zimmer, und sie schlief in der Küche auf der Couch. Sie steckte den Kopf ins Zimmer: er sah ihr blasses, schönes Gesicht und sie fragte: »Willst du etwas zu essen oder willst du eine Zigarette?« Wenn er ja sagte – und er sagte immer ja –, kam sie herein, legte alles auf den Tisch und ging wieder. Manchmal rief er auch: »Warte einen Augenblick«, und sie blieb mitten in ihrer heftigen Bewegung stehen, drehte sich herum, die Klinke in der Hand, und fragte: »Ja, was denn ...?« Er schwieg dann erst und brachte mühsam heraus: »Ich stehe bald auf, nur ein paar Tage noch, ich werde dir helfen...«

»Laß doch«, sagte sie dann wütend und ging hinaus. Und sie kam einen ganzen Tag nicht zu ihm, und er mußte morgens aufstehen, in die Küche gehen und sehen, ob sie ihm etwas hingelegt hatte. Es lag immer ein Zettel dabei: Du kannst die Hälfte vom Brot nehmen und die Hälfte der Margarine. Oder sie schrieb: es ist nur Suppe da, eine Zigarette liegt im Schrank –

Meistens hatte er Hunger, aber der Hunger war nicht stark genug, ihn aus dem Bett zu treiben. Er ging nur zum Klo: es war lästig, er mußte sich ganz anziehen, die Treppe hinuntergehen, und oft begegneten ihm Leute, die offenbar unten wohnten: eine große dicke Blondine, die ihn mißtrauisch ansah, bis er »Guten Tag« sagte, dann sagte sie auch »Guten Tag«, oder eine ältere Frau, die im Zimmer unter ihm zu wohnen schien: ein müdes Gesicht unter strähnigem Haar, die nichts sagte, auch wenn er »Guten Tag« sagte. Auch Männer schienen unten zu wohnen: er hörte sie oft singen oder schimpfen, und einmal begegnete ihm einer, der ihm gespenstisch elegant erschien: er trug einen blauen, gutsitzenden Anzug, weißes Hemd, grüne Krawatte und sogar einen Hut, und er sagte auch »Guten Tag«. Manchmal hörte er auch Autos vorfahren, aber das war abends, und abends stand er nie mehr auf.

Die Zeit verging. Er spürte es, es schien ihm wie ein flüchtiger Traum und zugleich unendlich lange: ein seltsam grauer geschmackloser Trank, den er jede Sekunde in sich hineinschlürfte: die Zeit...

Eines Abends fragte er Regina: »Den wievielten haben wir?«, und sie sagte ruhig, in der Tür, ohne sich herumzudrehen: »Den 25.«

Er erschrak: er lag schon fast drei Wochen im Bett:

diese drei Wochen schienen unendlich, er dachte, er läge schon sein ganzes Leben im Bett, in diesem kaum erleuchteten Zimmer, die Läden immer noch verschlossen, ließ sich Brot bringen, Zigaretten, Suppe...

Drei Wochen! Es hätten genauso gut drei Jahre sein können: er hatte kein Gefühl für Zeit mehr – er schien hinzusinken in diese graue unwirkliche Wirklichkeit.

Dann kam Regina zwei Tage hintereinander nicht zu ihm, und er hörte sie nur in ihr Zimmer gehen, und als er morgens aufstand, um in der Küche etwas zu essen zu suchen, fand er nichts und auch keinen Zettel: er suchte die Schubladen durch, alle Schränke, aber es war nichts da: irgendwo in einem alten Marmeladenglas fand er etwas, was sie vielleicht vergessen hatte: es war ein seltsam dunkles, knotiges Zeug, das einmal Pulver gewesen zu sein schien: es roch nach Suppe. Er löste es in Wasser auf und setzte den Topf auf die Platte. Obwohl er Hunger hatte, spürte er eine leichte Übelkeit, als das Zeug im Topf heiß wurde und sein Geruch sich verstärkte: es schien uralte Suppenwürze zu sein: intensiv künstlich und ekelhaft roch es, aber er schlürfte es doch in sich hinein.

Als er abends Regina kommen hörte, rief er nach ihr, aber sie kam nicht, und er war zu müde, aufzustehen. Er rief noch einmal, als sie später im Dunkeln durch den Flur ging, aber sie hörte wieder nicht, und sie ging in die Küche zurück, und er war immer noch zu müde, aufzustehen und mit ihr zu reden...

Auch am anderen Morgen war nichts in der Küche, aber es lag ein Zettel da: Ich habe nichts mehr – vielleicht heute abend. Er wartete in der Küche auf sie, legte sich zwischendurch wieder ins Bett, schlief ein und wurde wach, als sie kam – es war erst Mittag.

Er ging in die Küche hinüber, fand sie müde auf einem Stuhl sitzen, eine Zigarette in der Hand und auf dem Tisch Brot.

Sie lachte, als er plötzlich vor ihr stand. »Oho«, sagte sie, »der Hunger macht dich wohl lebendig...«

»Verzeih«, sagte sie dann leise, »komm, iß bitte.«

Er spürte, daß er rot wurde, und sah sie aufmerksam an: ihr blasses Gesicht war ohne Spott, es schien leicht gerötet, und er hatte zum ersten Male den Wunsch, sie zu küssen.

Als er am Tisch saß, Kaffee trank und das trokkene Brot sehr vorsichtig und andächtig in den Mund schob, fragte sie: »Hast du eigentlich keine Papiere...?«

»Doch«, sagte er, »aber sie sind nicht echt...«

»Zeig sie mir.«

Er zog den Ausweis aus der Tasche und reichte ihn ihr. Sie sah ihn sehr aufmerksam durch, mit gerunzelter Stirn, und sagte dann: »Sieht sehr echt aus, meinst du nicht, man sollte versuchen, Marken drauf zu bekommen?«

Er schüttelte den Kopf. »Nein«, sagte er. »Der Mann ist tot – es ist nicht mein Name – wenn sie es merken...«

»Du mußt richtige Papiere haben.«

»Ja«, sagte er, »aber wie, übrigens kommst du oft in die Stadt?«

»Natürlich, jeden Tag.«

»Hast du einen Briefumschlag?«

»Ja.«

»Gib mir bitte einen.«

Sie sah ihn erstaunt an, stand aber auf und zog aus der Schrankschublade einen grünen Briefumschlag.

Er steckte den Ausweis in den Umschlag, klebte ihn zu und schrieb mit einem Bleistift drauf: »Dr. Weiner, Krankenhaus der Vinzentinerinnen«.

»Er gehört mir nicht«, sagte er, »der Ausweis, kannst du ihn für mich da abgeben?«

Sie nahm den Umschlag entgegen, las die Adresse durch und sagte: »Ja, aber du kannst nicht ohne Papiere hier sein, sie verhaften jeden, der keinen ordentlichen Entlassungsschein hat.«

Sie steckte den Umschlag ein und stand auf. »Ich gebe ihn dort ab, wenn du willst. Gehört er dir denn nicht?«

»Ich habe ihn geliehen«, sagte er, »habe vergessen, ihn zurückzubringen.«

Sie wollte gehen, aber er sagte: »Warte einen Augenblick.«

Als sie sich herumdrehte, erstaunt, fragte er: »Womit kann man Geld verdienen?«

Sie lachte: »Willst du Geld verdienen?«

»Ja«, sagte er, und er spürte, daß er wieder rot wurde. »Ich muß ja irgend etwas tun – – auch für dich will ich etwas tun.«

Sie schwieg, und er sah ihre gesenkten Lider, schwarze zarte Kränze auf den blassen Wangen. Sie schlug die Augen auf, und er sah, daß sie ernst war. Sie setzte sich, nahm Zigaretten aus der Tasche, gab ihm eine und sagte: »Ich bin froh, daß du einmal mit mir darüber sprichst, es geht nicht mehr lange. Hier«, sagte sie, und zog aus ihrer Einkaufstasche einen Photoapparat, der in weißem Papier eingewikkelt war, »das ist das letzte, was ich habe. Was hast du für einen Beruf?«

»Buchhändler«, sagte er.

Sie lachte. »Ich habe noch keine Buchhandlung gesehen, und außerdem, vom Arbeiten kannst du nicht leben...«

»Was denn?«

»Schwarzhandel«, sagte sie, »das ist das Richtige.« Sie sah ihn aufmerksam an, und es schien ihm, als lächle sie, und zugleich sah sie ernst aus und sehr schön. Er spürte eine schmerzhafte Sehnsucht, sie zu küssen. »Aber Schwarzhandel«, fuhr sie fort, »ist nichts für dich. Versuch es nicht, es ist zwecklos, ich sehe es dir an. Verstehst du?«

Er zuckte die Schultern. »Was soll ich tun?«

»Klauen«, sagte sie, »ist eine andere Möglichkeit.« Sie sah ihn wieder prüfend an, »vielleicht kannst du das ... aber vor allem mußt du richtige Papiere haben, damit du rausgehen kannst und wir Marken kriegen...«

Sie schien nachzudenken, steckte den Photoapparat wieder ein und sagte dann sehr plötzlich: »Auf Wiedersehen...«

An diesem Tage schlief er nicht. Er wartete unruhig, bis sie wieder kam. Den ganzen Nachmittag hockte er in seinem Zimmer, öffnete einen Spalt weit die Läden und sah hinaus: draußen war ein großer verwahrloster Park, und vor der grauen unendlichen Fläche des Himmels sah er eine kleine Gruppe von Menschen sich bewegen: ein paar Männer und Frauen, die Bäume fällten; er hörte die Axtschläge und den Krach, wenn ein Baum umstürzte.

Abends kam Regina gleich in sein Zimmer und legte ihm ein weißes Papier auf den Tisch. Er trat auf sie zu, legte ihr die Hand auf die Schulter, und er blieb neben ihr stehen und blickte auf das engbedruckte weiße Papier, und ihr kleiner Zeigefinger fuhr von Rubrik zu Rubrik, und sie sagte leise: »Hier mußt du nur hinschreiben, wie du heißt, oder wie du heißen willst – deinen Beruf – dein Geburtsdatum – Geburtsort – den Ort, wo du gefangen genommen worden bist – alles andere ist echt, richtig gestempelt und unterschrieben, und hier ist das Lager, aus dem du entlassen bist, merk es dir. Aber du mußt alles englisch und deutsch schreiben – kannst du englisch?«

»Ein bißchen«, sagte er – »mein Gott, woher hast du das Ding?«

»Getauscht«, sagte sie, »gegen meinen Photoapparat – es ist ganz echt – ich habe es von einem Amerikaner…«

»Mein Gott«, sagte er, aber als er ihre Schulter fester packte, schüttelte sie ihn ab…

»Das andere habe ich auch abgegeben am Krankenhaus.«

»Danke«, sagte er.

Sie wandte sich ab und ging zur Tür…

»Regina«, rief er.

»Was ist denn?« sagte sie.

»Bleib bei mir«, sagte er und ging auf sie zu.

Sie versuchte zu lächeln, aber es gelang ihr nicht. Sie blieb ruhig stehen, als er ihr die Hände auf die Schulter legte und sie küßte.

»Nein nein«, sagte sie leise, als er sie losließ, »laß mich bitte – ich bin so müde, daß ich sterben möchte – ich kann nicht, ich habe auch Hunger, großen Hunger.«

»Ich glaube, ich liebe dich«, sagte er, »liebst du mich denn?«

»Ich glaube ja«, sagte sie müde. »Ich glaube wirklich, aber laß mich heute, bitte, laß mich allein –«

»Ja«, sagte er, »verzeih mir.«

Sie nickte nur und er hielt ihr die Tür auf, als sie hinausging. Er sah noch, daß sie mit müden Schritten in die Küche ging, und hörte, daß sie sich sofort hinlegte, ohne das Licht anzumachen...

VII

Er begriff nicht, daß das erst drei Wochen her sein sollte: es erschien ihm länger als ein Jahr. Die Nonne schien ihn nicht mehr zu erkennen, sie selbst war nur wenig verändert: ihr fleischiger Arm mit der Kinderhand schien etwas magerer und ihr breites törichtes Gesicht trauriger geworden zu sein, er hatte sie gleich wiedererkannt. Sie stand über einen großen dampfenden Kessel gebeugt und teilte Suppe aus. Ein paar Mädchen standen Schlange vor der dampfenden Öffnung, und welches an der Reihe war, hielt ihr die offene Schnauze ihrer Blechkanne entgegen; sie selbst war vom Dampf der Suppe eingehüllt und zählte kellenweise die heiße Flüssigkeit ein, die nach Rüben und einer Spur verdunsteten Fettes roch. Die kleine Kolonne in blauweißgestreiften Schürzen nahm langsam ab, und er hörte schon, daß der Löffel unten auf dem Boden des Kessels herumkratzte, und sah, daß die Dampfschwaden geringer wurden, sie zogen an ihm vorbei durch die offene Tür hinaus und hafteten an seinem Gesicht wie ein feiner heißer Schweiß, der sich langsam abkühlte, ein sanfter Sprühregen, der nach Spülwasser zu riechen schien; die Mädchen verließen das Küchenhäuschen durch den Spalt einer riesigen Schiebtür, die nur angelehnt war an die alte Türöffnung: die Schienen oben waren verbogen: manchmal kam ein Windstoß durch diesen Spalt und trieb die Wasserdämpfe zusammen, riß sie durch ein offenes Fenster hinaus, und für einen Augenblick war die

Nonne deutlich sichtbar und vor ihr die mageren Nacken der beiden Mädchen, die noch warteten –

Hinter ihm fuhr ein Wagen auf den Hof, und eine große Fuhre Steckrüben wurde auf den Boden gerumpelt; die Nonne verließ eilig ihren Platz, pflanzte sich an der Tür auf und rief zornig: »Gebt doch acht, es gehen so viele kaputt, schließlich sind sie doch für Menschen ... zum Essen...«

Sie stand sehr nahe bei ihm, er sah ihr Gesicht vor Empörung zittern und hörte hinter sich die Fuhrleute lachen; er wandte sich um, einer schaufelte mit einer Mistgabel den Rest der Rüben von der Schräge des Wagens, und der Fahrer ließ von der Schwester einen Zettel unterschreiben: er war dick, blaß und schien es eilig zu haben. Die Nonne gab dem Fahrer den unterschriebenen Zettel zurück, sah ihm kopfschüttelnd nach und blickte Hans an; sie hatte immer noch die Kelle in der Hand, von der die dünne heiße Suppe heruntertropfte. »Was wollen Sie?« fragte sie.

»Etwas zu essen...«

»Unmöglich«, sagte sie, indem sie wegging, »es ist alles genau abgemessen, unmöglich...«

Aber er blieb stehen und sah zu, wie sie die beiden letzten Mädchen abfertigte.

Er fror, am Tage vorher hatte es geschneit, einen nassen, widerwärtigen Maischnee, die Pfützen standen noch auf dem Hof, und in manchen Ecken an der Mauer, an sehr schattigen Stellen zwischen den Schutthalden und der rissigen Mauer, sah er Klumpen von dreckigem Schnee liegen.

Die Schwester winkte ihm jetzt zu, indem sie den Löffel ungeschickt über der Öffnung des Kessels schwenkte, er ging schnell auf sie zu...

Sie sagte flüsternd: »Sagen Sie niemand, daß ich Ihnen etwas zu essen gegeben habe – sonst habe ich morgen die halbe Stadt hier stehen; los«, rief sie heftiger, »kommen Sie...«

Sie hatte eine halbe Kelle voll aus dem Kessel herausgekratzt und in einen Blechnapf geschüttet. »Schnell«, rief sie, und er sah, daß sie an die Tür lief, um aufzupassen...

Er trank die Suppe schnell hinunter, sie war heiß und dünn, schmeckte aber herrlich; vor allem war sie heiß; er spürte, daß ihm die Tränen ins Gesicht stiegen, ohne daß er es verhindern konnte, sie liefen einfach los, und er hatte nicht die Hände frei, um sie aufzuhalten, er merkte, daß sie sich kühl in den Falten seines Gesichts fingen und schräg zum Mund liefen, wo er ihren salzigen Geschmack spürte...

Er stellte den Napf auf den Rand des Kessels und ging zur Tür. Im Gesicht der Schwester sah er etwas, das kein Mitleid war, es schien Schmerz zu sein, eine Art abwesender Teilnahme und kindlicher Zärtlichkeit. »Haben Sie sehr großen Hunger?« sagte sie. Er nickte. »Wirklich?« Er nickte nochmals heftiger und blickte gespannt auf diesen schönen geschwungenen Mund inmitten ihres blassen und fetten Gesichts. »Augenblick...«

Sie ging zum Tisch, der in der Küchenbaracke stand, und einen Augenblick lang, als er sah, daß sie eine Schublade öffnete, hoffte er, sie würde ihm Brot geben, aber er sah nur, daß sie einen Zettel herauszog, den sie sorgfältig glättete und ihm überreichte. Er las »Gutschein für ein Brot, abzuholen bei Gompertz, Rubensstraße 8«.

»Danke«, sagte er leise, »vielen Dank, kann ich jetzt noch hingehen?«

»Nein«, sagte sie, »es ist zu spät, Sie kommen vor der Sperrstunde nicht mehr hin, laufen Sie zum Bunker, und morgen früh…«

»Ja«, sagte er … »Danke, vielen Dank…«

VIII

An der Wand hing ein großes Pappeschild, mit schwarzer Farbe schief beschrieben: Deckenpfand 100 Mark und Personalausweis. Es roch muffig, nach Elend und dem seltsamen Sommerschweiß der Armen. Er ließ sich langsam in der langen Schlange nach vorne zwängen, wo ein finsteres Loch in einer dicken Betonwand »Eingang« überschrieben war. Die Frau, die am Eingang einen schmutzigen Stapel halbzerrissener Decken verwaltete, fragte nach Papieren, und er reichte ihr den Entlassungsschein hin, den Regina ihm besorgt hatte. Sie trug seinen Namen in eine Liste ein, fragte kurz: »Decke?«, und als er den Kopf schüttelte, schob sie ihn weiter, ihr graues Gesicht zuckte gierig und nervös, und sie schnappte dem nächsten seinen schmutzigen Ausweis aus der Hand. Hinten drängten sie: weiter, weiter...

Er ließ sich nach innen treiben. Drinnen war es schon voll. Alle Bänke und Tische waren besetzt, und er setzte sich auf den Boden. Er war müde; es war dämmerig, aus irgendeinem Schlitz kam noch Tageslicht, keine Lampe brannte. Plötzlich fingen alle an, nach Licht zu schreien, eine gierige Versammlung von unpersönlichen Stimmen, die »Licht« brüllten, »Licht«. Ein griesgrämiger Beamter erschien in der Tür und verkündete mit trockener Stimme, es würde kein Licht mehr gemacht, weil die Birnen jede Nacht gestohlen würden – er wartete das johlende Aufheulen ab – und verkündete eine Art Hausordnung, die hauptsächlich darin bestand, vor Diebstählen zu warnen, und versprach, daß zu den Zügen am Morgen ausgerufen werden sollte...

Er hatte sich auf den Betonboden gehockt, in einer Ecke, wo er dem Gedränge der neu Hereinströmenden nicht ausgesetzt war, und war froh, zunächst Ruhe zu haben, aber als es dunkel wurde, schien alles schlimmer zu werden. Jeder Zug, der ankam, schien neue Massen zerlumpter Zeitgenossen anzuschleppen, dreckige Gestalten mit Kartoffelsäcken, zerbeulten Koffern, und entlassene Soldaten, die ihre grauen Mützen in den Händen drehten oder die Finger in den Manteltaschen vergruben. Jedesmal, wenn Neue kamen, ging die Tür auf, und er sah dann die beleuchteten Köpfe, schwarz und unkenntlich in dem trüben Licht, das vom Flur hereinfiel...

Später kam der Beamte noch einmal und verkündete ins Dunkel hinein, daß Rauchen verboten sei. Vielstimmiges Geheul antwortete ihm, und er schrie wütend: »Meinetwegen raucht und verreckt.«

An verschiedenen Ecken brannten Kerzenstummel, und die Glut vieler Zigaretten und Pfeifen bewirkte eine milde Beleuchtung. Hinter ihm hockten zwei Frauen auf einer Bank, die mit Kisten und Koffern einen großen Teil des Bodens besetzt hielten. Wenn er die einzelnen ansah, schienen sie alle arm müde und still zu sein wie er, aber als Masse wirkten sie laut und abstoßend, und als die Kerzen eine nach der anderen erloschen und nur noch ein sehr schwacher Schimmer von den Zigaretten herrschte, fingen sie alle an zu essen. Die Frauen mit den Kisten und Koffern hinter ihm hörte er besonders deutlich: sie kauten unermüdlich, es schien ihm endlos, wie sie kauten, erst Brot, viele Brote, eine lange, sehr lange Zeit hörte er dieses trockene kaninchenhafte Muffeln, mit dem sie Brot aßen im Dunkeln. Dann irgendetwas Feuchtes und zugleich Knackendes, es schien Obst zu sein, Äpfel. Zuletzt tranken sie: er hörte sehr deutlich das glucksende Geräusch, wenn sie aus der Flasche tranken. Auch links und rechts, vor und hinter ihm fingen alle im Dunkeln an zu essen, sie schienen alle nur auf die Dunkelheit gewartet zu haben, um zu essen; es war ein hundertfaches heimliches Fletschen und Kauen, hier und da entstand Gezänk, das schnell erstickt wurde; und dieses vielfache Essen setzte sich in seinem Gehirn fest wie das Geräusch einer Verdammtheit, für die er keinen Namen hatte: Essen schien keine schöne Notwendigkeit mehr, sondern ein finsteres Gesetz, das sie zwang, zu verschlingen, um jeden Preis zu verschlingen, während ihr Hunger nicht gestillt, sondern vermehrt zu werden schien: es schien ihm, als keuchten sie. Das Essen dauerte stundenlang, und wenn ein Teil des Bunkers ruhiger zu werden schien, wurde von draußen, vom Bahnhof her, wieder eine neue Menge hineingepreßt, es wurde immer enger, und nach einer gewissen Zeit fing wieder dieses Rascheln von Papier an, das Brechen von Kartons, das hastige Herumsuchen an Säcken, Paketen, das Aufschnappen von Schlössern und dieses widerliche Gurgeln aus Flaschen, in dunkler Heimlichkeit...

Später flüsterten sie, es wisperte im Dunkeln, weckte Erinnerung an glückliche Hamsterfahrt, Bedauern über das Schwinden der Vorräte...

Der Schweiß stand ihm auf der Stirn, obwohl er fror. Er hatte den Zipfel einer Decke erwischt, setzte sich darauf und lehnte sich hinten gegen einen prallen Rucksack, er spürte die Kartoffeln wie die Knochen eines geheimnisvollen Gerippes. Immer noch rauchten welche, die Punkte glühender Zigaretten schienen sich zu mehren, die Luft wurde dick und schauerlich. Später leierte in einer Ecke sehr leise eine Ziehharmonika. Eine Stimme rief laut: »›Erika‹, spiel mal ›Erika‹...« Die Ziehharmonika spielte »Erika«. Andere schrien nach anderen Liedern und der Harmonikaspieler mit einer heiseren Stimme verlangte Bezahlung; dann wurden im Dunkeln unsichtbare Gaben für den Harmonikaspieler rundgereicht, in unsichtbare Hände gelegt und auf eine flinke und lautlose Wanderschaft in die Finsternis geschickt: eine Scheibe Brot oder ein Apfel, eine halbe Gurke oder eine Kippe. Plötzlich entstand irgendwo Krach, Schimpfen und eine Prügelei, die sich auf eine Gabe bezog, die nicht weitergereicht worden war; jedenfalls leugnete der Harmonikaspieler, sie empfangen zu haben, und verweigerte das Lied, und im Nu war im Sektor des Spenders die Stelle ausfindig gemacht, wo die Gabe verschwunden war; in der dunklen Masse zeichneten sich die Bewegungen der Streitenden ab: ein bedrohliches Wogen sich drängender und stoßender Leute. Dann war Ruhe, und der Harmonikaspieler spielte für jemand anderen.

Die beiden Frauen hinter ihm schienen schon zu schlafen, sie waren ganz still, weiter zurück hörte er das geile Kichern eines Pärchens, die Harmonika verstummte, und die glühenden Punkte der Zigaretten wurden weniger; er tastete im Dunkeln seitlich und stieß auf formlose Bündel, von denen er nicht wußte, ob es Säcke oder Menschen waren...

Später mußte er eingeschlafen sein, er wurde sehr plötzlich geweckt von einem wüsten Geschrei: irgend jemand war auf irgend jemand getreten; es schien eine Balgerei zu geben, bei der ein Gepäckstück verschwand, eine helle und aufgeregte Männerstimme rief: »Mein Koffer, mein Koffer ... ich muß zum Zug, zum 2 Uhr 40.« Eine Menge Stimmen wiederholten: »2 Uhr 40, da müssen wir auch mit«, es entstand eine wilde Bewegung im Finsteren und die Männerstimme schrie immer noch nach ihrem Koffer. Dann ging die Tür auf, und im Flur sah er eine vielköpfige Menge stehen, beleuchtet von der trüben Birne, und die Männerstimme schrie: »Polizei, Polizei, mein Koffer...«

Es wurde mäuschenstill, als im Flur zwei Pappelme sich durch die Menge nach vorne drängten, dann huschte der sehr blanke Schein einer großen Taschenlampe in den Raum, beleuchtete Staubteilchen und die geduckte, harrende Menge, die sehr demütig erschien, wie betend, das Gesicht zum Licht hin.

Die Polizistenstimme sagte ruhig und deutlich: »Der Koffer, wenn der Koffer nicht...«, aber in diesem Augenblick schien der Mann schon seinen Koffer in der Hand zu haben, er rief: »Da ist er, ich habe ihn«, und aus der Masse schrien ihm Stimmen entgegen: »Alter Idiot, dummes Schwein, paß auf nächstens...«

Die Tür wurde geschlossen, und es war wieder dunkel, aber von dieser Zeit an konnte er nicht mehr schlafen. Alle Viertelstunden entstand Bewegung, verbreitete sich Unruhe wie Wellengang, Züge wurden ausgerufen, man rief nach Bekannten, brüllte sich zu seinem Gepäck durch, und die Luft in diesem Betonklotz schien immer dicker und widerwärtiger zu werden...

Manchmal wischte er sich mit der Hand den Schweiß von dcr Stirn, während er gleichzeitig spürte, daß er von unten fror. Die Decke und auch der Sack, an den er sich angelehnt hatte, waren weg. Er rutschte langsam weiter, bis er auf Widerstand stieß, beugte sich über dieses Etwas, um festzustellen, ob es tot oder lebend war, und roch die konzentrierte Schärfe von Zwiebeln, er entdeckte, daß es ein Korb war, zugenäht und groß. Er setzte sich auf den Korb, schon zu sitzen war wunderbar, er hockte sich zusammen, ließ den Kopf auf die Brust sinken und schlief für kurze Zeit wieder ein, bis jemand ihn einfach vom Korb herunterstieß: »Freches Schwein«, sagte eine Stimme, und er fing sich taumelnd auf dem steinigen Boden, kroch seitwärts, kauerte sich zusammen und wartete eine Weile...

Die Zwischenräume waren größer geworden, und er kroch weiter, bis er den Atem eines Menschen hörte: langsam tastete er sich heran, fühlte einen Schenkel, einen Schuh: es war ein Frauenschuh, hohe Absätze und ein kleiner Fuß, und er beugte sich dorthin vor, wo ihr Gesicht sein mußte: der warme Atem traf ihn, er hielt seine Hände in den Bereich dieses warmen Atems hinein, beugte sich tiefer, aber er konnte nichts sehen, dann entdeckte er in dem Geruch dieser unbekannten Frau, von der er weder Alter noch Aussehen kannte, etwas wie Seife: ein ganz leichter Geruch von Parfüm und Seife. Er blieb über sie gebeugt, und er hielt sein Gesicht nahe an ihren Atem: der Atem war warm, ruhig, und der schöne Seifengeruch schien immer stärker zu werden; er wälzte sich seitlich zu ihr und drückte sein Gesicht in ihren Mantel hinein: Moschus, etwas Pfefferminz, dieser starke und schöne Geruch bewirkte, daß er einschlief...

Als er wieder erwachte, wurde der Raum geleert; die unbekannte Frau neben ihm war weg, und er ließ sich von der Masse nach außen drängen, wieder wurde er an dem Tisch, wo die schmutzigen Decken aufgestapelt lagen, festgehalten, mußte seine Papiere zeigen und warten, bis festgestellt worden war, ob er eine Decke bekommen hatte; an diesem Tisch stand jetzt ein Mann, ein alter griesgrämiger Invalide, der die kalte Pfeife im Mund hielt, stumpfsinnig die Decken einsammelte und den Besitzern ihr Geld in die ausgestreckten dreckigen Hände zählte...

Draußen war es sehr hell, wärmer, und als er anfing, nach dem Zettel zu suchen, brach ihm sofort vor Angst der Schweiß aus: er konnte ihn nicht finden; er suchte hastig, fieberhaft, und spürte, wie der Schrekken tief saß und tödlich, der Schrecken über ein verlorenes oder gestohlenes Brot, sein Herz klopfte rasend, und er brach fast in Tränen aus, als er endlich den winzigen, zusammengedrückten Zettel oben in seiner Brusttasche entdeckte: er faltete ihn auseinander, glättete ihn sorgfältig und ging weiter: Gut für ein Brot, abzuholen bei ... immer noch klopfte sein Herz, als er weiterging...

IX

Das Klopfen seines Herzens ließ nicht nach, er dachte immer an das Brot, und das Klopfen seines Herzens war wie ein sanftes schmerzhaftes und doch angenehmes Pochen in einer Wunde: ein großer wunder Fleck in seiner Brust, sein Herz. Er ging, so schnell er konnte, wählte die Straßen, in deren Mitte schmale Gänge ausgeschaufelt waren, und erreichte die Straße, von der die Rubensstraße abzweigte, schon um neun. In Gedanken an die Frau mußte er lächeln: Was würde sie sagen, wenn er auftauchte und ihr den Gutschein für ein Brot vorzeigte. Gewiß würde sie ihn erkennen. Er wußte es. Vielleicht würde sie ihm Geld anbieten, viel Geld. Geld genug, um sich einen guten anständigen Ausweis zu kaufen, einen Ausweis, auf seinen richtigen Namen lautend; ein Stück Papier, das echt war, soweit ein gekauftes Stück Papier echt sein konnte. Aber mehr noch als bei dem Gedanken an den Ausweis, den er würde kaufen können, klopfte sein Herz bei dem Gedanken an Brot: wirkliches Brot; solange er nur den Zettel hatte, war es nicht Brot: er wollte es spüren, wollte es essen, wollte es brechen, es Regina bringen: Brot, weich und gar in der braunen Kruste der gebackene Teig: süß riechend und süß schmeckend, so süß wie nur Brot schmeckt. Mit einer seltsamen Freude, die fast nicht mehr sinnlich war, dachte er an das Brot, das er bei der Nonne vor vierzehn Tagen gegessen hatte. Gestern war er losgegangen, um irgend etwas zu essen aufzutreiben, er hatte es Regina versprochen, aber er brachte wohl nicht fertig, viel zu besorgen; er hatte kein Geld und nichts zu tauschen, aber immerhin würde er ein Brot mitbringen. Vielleicht viele Brote, vielleicht würde sie ihm Geld geben, viel Geld, und er würde viele Brote dafür kaufen. Die Preise für Brot waren rapide gestiegen, seitdem kein Krieg mehr war. Der Frieden trieb die Preise in die Höhe. Immerhin: es gab noch Brot, es war nur teuer.

Schon beschloß er, keinen Ausweis zu kaufen, nur Brot. Vorläufig hatte er ja einen Ausweis, einen ausgezeichneten Fetzen Papier, ein Dokument, für das Regina ihren Photoapparat gegeben hatte. Schade, dachte er, vielleicht wäre es besser gewesen, Brot zu kaufen...

Er setzte sich auf die Trümmer der Badeanstalt, um das Pochen seines Herzens zur Ruhe kommen zu lassen, dieser wunde Kreis in seiner Brust erschien ihm wie eine sich erbreiternde, sich vertiefende Wunde, deren Schmerz von einer seltsamen Süßigkeit war...

Die grünen Kacheln der Badeanstalt waren vom Regen und Schnee der letzten Tage ganz sauber gewaschen, sie strahlten im Sonnenschein; irgendwo lag eine Kabinentür, grüngestrichen, hellgrün mit einem schwarz-weiß emaillierten Nummernschild.

Man konnte das Datum der Zerstörung an der Bewachsung der Trümmer feststellen: es war eine botanische Frage. Dieser Trümmerhaufen war nackt und kahl, rohe Steine, frisch gebrochenes Mauerwerk, wild übereinandergepackt, und ragende Eisenträger, die kaum eine Spur von Rost zeigten: nirgendwo wuchs ein Gräschen, während anderwärts schon Bäume wuchsen, reizende kleine Bäume in Schlafzimmern und Küchen, dicht neben dem rostigen Balg des zerbrannten Herdes, war hier nur nackte Zerstörung, wüst und schrecklich leer, als hinge der Atem der Bombe noch in der Luft. Nur die Kacheln, dort wo sie erhalten waren, glänzten in Unschuld.

Er spürte, daß er anfing, schon mit dem Geld zu rechnen, das die Frau ihm geben würde: Tausend, dachte er zuerst, dann waren es mehrere Tausend, und er schalt sich, daß er damals ihr Angebot, ihm zu helfen, nicht angenommen hatte. Sicher hatte sie sehr viel Geld, sicher hatte das Testament ihres Mannes einen Wert von ein paar hunderttausend Mark, und er, er hatte es mit seinem Tode bezahlt, er hatte es sehr teuer bezahlt. Dieses Damals, das vor vierzehn Tagen gewesen war, schien unendlich weit zurückzuliegen; damals war noch Krieg gewesen, eben noch Krieg, und die Gewißheit, daß kein Krieg mehr war, machte diese vierzehn Tage alt und lang, und er blickte in diese kurze Vergangenheit wie auf ein Bild, das unendlich verkleinert vor ihm lag. Es schien ihm weiter entfernt als die griechische Geschichte, die ihm immer sehr weit entfernt vorgekommen war.

Zwei Jungen waren jetzt über die Trümmer geklettert und fingen an, die herausgeschleuderte Kabinentür sachkundig auseinanderzuhauen, indem sie mit einem Hammer die Rahmen aus dem Leim lösten, die Füllungen aus den Fugen zogen und die Tür zu einem kleinen flachen Holzpaket zusammenlegten.

Er stand auf, um in die Gasse hineinzuklettern. Brot, dachte er, Brot werde ich also bestimmt essen – und Geld werde ich bekommen, er rechnete jetzt schon wirklich mit dem Geld, einer anständigen Summe, einer Abschlagzahlung auf den Tod, die sicher einen Wert von zwanzig Broten haben würde...

Als er in den Hauseingang hineinging, spürte er, daß seine Hände, die den Zettel umklammerten, naß waren von Schweiß; die Schreibmaschinenschrift war leicht verschmiert, als er jetzt den Zettel glättete und an die Tür klopfte.

Er hörte lange nichts, viel zu lange, erschien es ihm, und er klopfte noch einmal heftiger, die Schläge gingen ohne Echo in diese vollgestopfte Diele hinein; er hörte wieder nichts und schlug mit seinem Absatz dreimal heftig gegen die Tür. Oben hörte er im Türrahmen die Scheibe leise zittern und es rieselte von herunterfallendem Putz...

Dann endlich ging links die Tür, die ins Zimmer der Frau führte, und schon spürte er Schrecken, als er die harten und knappen Schritte eines Mannes hörte. Die Tür ging auf, und ein Gesicht erschien, ein langes breites blasses Männergesicht mit nervös geöffnetem Mund...

Das war etwas, was ihm oft lästig und sehr schwer geworden war: er konnte kein Gesicht vergessen. Sie folgten ihm alle, und er erkannte sie, sobald sie wieder auftauchten. Irgendwo in seinem Unterbewußtsein paddelten sie dahin, besonders jene, die er nur flüchtig einmal gesehen hatte, schwammen herum wie undeutliche graue Fische zwischen Algen im trüben Tümpel, manchmal schoben sich ihre stummen Köpfe bis hart an die Oberfläche – aber endgültig tauchten sie auf, standen vor ihm deutlich und unentrinnbar, wenn er sie wirklich wiedersah: es war, als höbe sich ihr Spiegelbild erst klar und scharf wieder hoch, sobald sie selbst auftauchten in diesem schmerzhaft belebten Sektor, den seine Augen beherrschten. Alle kamen sie wieder: das Gesicht eines Straßenbahnschaffners, der ihm vor Jahren einmal einen Fahrschein verkauft hatte, wurde zum Gesicht eines Landsers, der in einer Krankensammelstelle neben ihm lag: ein Bursche, aus dessen Kopfverband damals die Läuse herausgekrochen waren, sich wälzend im geronnenen wie im frischen Blut: Läuse, die friedlich über einen Nacken krochen, über ein ohnmächtiges Gesicht, er sah sie an den Ohren herumklettern, waghalsige Tiere, die abrutschten und sich an der Schulter wieder fingen, am Ohr desselben Mannes, der ihm dreitausend Kilometer westlich vor sieben Jahren einen Umsteigefahrschein verkauft hatte: ein schmales leidendes Gesicht, das damals sehr frisch und optimistisch gewesen war...

Aber dies breite blasse Männergesicht mit dem nervös geöffneten Mund hatte sich nicht verändert, weder Krieg noch Zerstörung hatten es angreifen können: die teigige Oberfläche akademischer Ruhe, Augen, die wußten, daß sie etwas wußten, und als einziger Punkt leichten Schmerzes der leicht geöffnete, fein geschwungene Mund, dessen Schmerz auch Ekel sein konnte, eine besonders genußreiche Art von Ekel. Im fahlen Licht der dunklen Diele erschien ihm das Gesicht wirklich wie der Kopf eines großen blassen Karpfens, der aus dem Teich hochtaucht, stumm und sicher, während die Hände unsichtbar blieben unten im dichten Dunkel des Raumes. Dies war Dr. Dr. Fischer, ein Kunde jener Buchhandlung, in der er gelernt hatte, den zu bedienen ihm einmal nur als fortgeschrittenem Lehrling erlaubt gewesen war, denn Fischer verstand etwas von Büchern, war Philologe, Jurist, Herausgeber einer Zeitschrift, hatte eine tiefe und nicht ganz unproduktive Neigung zur Goethologie und galt damals als der inoffizielle Berater seiner Eminenz des Kardinals in kulturellen Fragen – dieses Gesicht hatte er nur einmal nahe gesehen, sonst nur flüchtig, wenn es schnell im Laden vorbeiging, um im Privatzimmer des Chefs zu verschwinden. Es war fast acht Jahre her, aber er erkannte es sofort, blitzschnell zuckte die Leine hoch und fischte diesen Kopf heraus.

»Was wollen Sie?« fragte das Gesicht...

»Brot«, sagte er und reichte den Zettel wie in einen Schalter hinein.

»Es gibt kein Brot mehr.«

Er verstand nicht. »Brot«, sagte er – »aber die Schwester – ich habe doch –«

»Nein«, sagte die Stimme ruhig und sachlich. »Nein, es gibt kein Brot mehr.«

Nun tauchten aus dem unteren Bereich die Hände auf, lange feinfingrige Hände, sie kamen hoch und hielten den Zettel, der ein Brot bedeutete, und die Finger zerrissen den Zettel, sie zerrissen ihn nicht mit einem einzigen kurzen Ratsch, viermal, fünfmal kreuzten sie sich reißend, immer wieder, mit Freude – man sah es –, es fiel vor die Tür wie Konfetti, weißlich, verstreut wie Brotkrümel...

»Da haben Sie Ihr Brot«, sagte die Stimme.

Er begriff es erst, als die Tür zugeschlagen war, ein wackeliges, riesiges Stück Holz, zusammengeleimt aus Rahmen, Pappestücken und Glas, das nun heftig klirrte und schaukelte und ein neues Rieseln unsichtbarer Putzstücke verursachte...

Er blieb lange stehen und versuchte, irgend etwas zu fühlen: Haß oder Wut oder Schmerz, aber er fühlte nichts. Vielleicht bin ich tot, dachte er. Aber er war nicht tot, er erwachte vollkommen, als er gegen die Tür trat und den Schmerz verspürte, den das Aufschlagen der Fußspitze ihm verursachte. Aber er konnte keinen Haß entdecken, nicht einmal Wut, nur Schmerz...

X

Als Fischer ins Zimmer zurücktrat, drehte Elisabeth ihr Gesicht von der Wand und fragte leise: »Wer war da?«

»Ein Bettler«, sagte er und setzte sich wieder.

»Hast du ihm etwas gegeben?«

»Nein«, sagte er.

Sie seufzte und drehte ihr Gesicht wieder zur Wand. Die Vorhänge waren zurückgezogen und in den großen dunklen Fensterrahmen stand das phantastische Bild der Trümmer: rauchgeschwärzte Häuserflanken, geborstene Giebel, die zu stürzen schienen – grünüberwucherte Haufen, die ein zweites Mal ausgewühlt waren, nur an manchen Stellen war das Grün moosig und friedlich...

»Du hast ihm nichts gegeben – – wer war es?«

»Ich weiß nicht«, sagte er, »irgendeiner...«

Sie fing leise an zu weinen, und er horchte auf: bisher hatte sie noch nicht geweint: er sah ihren schmalen Nacken mit dem ungekämmten Haar, die zitternden Schultern, und hörte dieses merkwürdig brüchige Geräusch ihres Schluchzens. Er war erstaunt und irgendwie berührte es ihn ekelhaft, daß sie die Sentimentalität so weit trieb.

»Du mußt nicht böse sein«, sagte er, »aber ich möchte zu einem Schluß kommen, zu irgendeinem, du verstehst. Es ist mir persönlich wirklich gleichgültig, obwohl ich Geld für eine zu ernste Sache halte, als daß man sentimental darüber werden sollte. Wie gesagt: unser gemeinsamer Schwiegervater wäre zufrieden, wenn du die mündliche Versicherung abgibst, daß du Willis Testament vorläufig als nicht bestehend betrachtest, und aufhörst, über Willis Geld und Sachwerte zu verfügen. Mündlich, verstehst du, mehr Entgegenkommen kannst du nicht verlangen – im anderen Falle« – er unterbrach, weil sie plötzlich ihr Gesicht wieder ihm zuwandte, und er wunderte sich über den Ausdruck von Festigkeit – »käme es eben auf ein juristisches Duell an, und« – er lachte – »ich halte es für sehr unwahrscheinlich, daß du mit den bestehenden Unterlagen da siegen würdest...«

»Ich könnte versuchen, den Mann zu finden, der mir Willis Testament gebracht hat.« Sie wurde rot in der Erinnerung an den Auftritt, den sie mit ihm gehabt hatte.

»Gewiß«, sagte er, »aber es ist sehr unwahrscheinlich, daß du ihn finden wirst, und außerdem: was willst du von ihm erfahren?«

»Den Ort, wo Willi erschossen wurde. Wahrscheinlich ist er doch dort begraben. Irgend jemand wird ihn schon begraben haben.«

»Nicht übel«, sagte er, »gar nicht übel.« Er schwieg einen Augenblick nachdenklich und fragte dann: »Also bitte, sag mir: Willst du vorläufig den Unsinn mit der Schenkerei sein lassen, dich mit 2000 Mark monatlich zufrieden geben und...«

»Also eine Art Waffenstillstand – meinetwegen, übrigens«, sagte sie leise, »wenn ich tun könnte, was ich wollte, würde ich dich jetzt ins Gesicht schlagen...«

»Es wäre nicht sehr christlich...«

»Ich weiß«, sagte sie, und sie spürte, wie die Tränen plötzlich von einem inneren Feuer getrocknet wurden – »das heißt, ich weiß nicht, ich glaube, daß eine ganze Menge guter Christen eine ganze Menge von Leuten deiner Art ins Gesicht geschlagen haben, und daß es nicht unchristlich war – aber die Sache hat einen Haken: ich bin kein guter Christ und sie waren es...«

»Ganz recht«, sagte er, »du hast humane Anwandlungen, das ist es, und humane Anwandlungen ersetzen nicht die spontanen Leidenschaften einer Religion...«

»Jaja«, sagte sie und sah ihn merkwürdig an, fast spöttisch, »du kannst alles erklären, alles könnt ihr erklären, aber ich hoffe, daß es eine Zeit geben wird, wo auch ihr erklärt werdet...«

»Schön gesagt, aber ich hoffe, daß ich auch eine Chance habe, als guter Christ zu gelten, Gott sei Dank gibt es da andere Autoritäten als dich« – er lachte leise –.

Sie drehte sich wieder zur Wand. »Ich werde ihn doch ins Gesicht schlagen«, dachte sie...

»Warum übrigens«, fragte er und suchte eine Zigarre aus seiner Tasche, »warum übrigens möchtest du mich gerne schlagen?«

Sie schwieg; er zündete umständlich seine Zigarre an und suchte irgendeine Stelle, auf die er mit den Fingern trommeln konnte, aber der Nachttisch war zu klein, er war vollgestellt mit dem Kruzifix, einem Glas Wasser und einem Teller, auf dem Brotkrümel lagen. Er trommelte gegen die Stuhllehne, aber die Fläche war zu klein, seine Finger rutschten ab, und er spürte, daß er errötete, es machte ihn nervös, wenn er keine Stelle hatte, um mit den Fingern zu trommeln...

»Warum?« fragte er.

»Weil du dem Bettler nichts gegeben hast, aber laß

nur«, sagte sie müde, »ich habe ja Waffenstillstand mit euch geschlossen...«

»Du würdest wohl nicht«, sagte er leise, »uns das Testament so lange geben ... ich meine...«

Sie drehte sich plötzlich um, sehr heftig, und er erschrak, als sie lachte. »Nein«, sagte sie, »da es ja ein völlig wertloses Dokument ist, würde es euch auch nichts nützen...«

»Nun, man könnte es prüfen lassen, es ist doch beglaubigt...«

»Ja«, sagte sie.

»Du kannst gehen«, sagte sie, »ich bin sehr müde: meine Krankheit wird nicht besser, und ich habe die Nacht nicht geschlafen.«

Er steckte seine Zigarre in den Mund und zog sich den Mantel an.

»Wie geht es übrigens meinem Patenkind Elisabeth?« fragte sie.

Der Tonfall ihrer Stimme veranlaßte ihn, mitten in der Bewegung innezuhalten, so blieb sein Mantel halb über der Schulter hängen, er nahm die Zigarre aus dem Mund, legte sie auf die Nachttischkante und trat näher ans Bett.

»Wieso«, fragte er möglichst ruhig, »weißt du, daß sie krank ist?«

»Ist sie krank?«

»Ja.«

»Was hat sie denn?«

»Sie hat einen bösen Unfall gehabt, mit dem Rad – eine schwere innere Blutung...«

»Eine schwere innere Blutung, so? Das hat man nicht gern in ihrem Zustand.«

»Wie«, fragte er leise, »in ihrem Zustand? Was soll das heißen?«

Er verlor nur manchmal die Beherrschung und auch das selten bei Unterredungen mit einer Frau, aber jetzt spürte er, daß sein Gesicht zitterte, seine Hände alle Kraft verloren und naß waren von Schweiß.

»Es soll heißen, daß sie in Hoffnung ist, war«, sagte sie ruhig.

Er zog seinen Mantel hastig über, nahm die Zigarre von der Nachttischkante und sagte: »Ich glaube wirklich, daß du verrückt bist, wirklich ... glaubst du denn...?«

Er machte eine ungeduldige Bewegung, denn sie weinte schon wieder, und er haßte diese haltlosen Äußerungen innerer Bewegung.

»Natürlich«, sagte sie leise, »ich glaube es, ich glaube alles von einem Mann, der einen Bettler von der Tür weist ... geh jetzt.«

Er ging mit schnellen Schritten hinaus.

XI

Sie gab dem Pförtner die Karte ab und beobachtete, wie das mißtrauische Gesicht sich darüber beugte: die große rötliche Nase war übergangslos in die Stirn geklemmt, und die Stirn verlor sich in eine gelbliche Glatze. Dann hob sich das Gesicht wieder und stand scharf und rund vor ihr.

»Zimmer 15, OP«, sagte die Stimme, »rechts herum.«

Sie ging rechts herum an den verschlossenen Krankenzimmern vorüber, bog links ab und blieb vor einer schmalen Tür stehen, auf deren splissigem Lack mit Rotstift gemalt war: OP. Sie klopfte, und eine Stimme rief: »Herein.«

Drinnen war es ganz still, eine Nonne war über einen dampfenden Sterilisationskessel gebeugt und fischte mit einer Zange Instrumente heraus. Der Arzt saß müde auf einem Stuhl und rauchte: sie zog gierig den starken Geruch des Tabaks ein, und zum ersten Male spürte sie den Hunger in seiner seltsamen Mischung aus Übelkeit und Ermüdung, es stieg wie ein flaues Gähnen in ihr auf, und sie überhörte die Frage des Arztes.

»Was wollen Sie?« fragte er kurz zum zweiten Mal, als sie den Mund mit Anstrengung wieder geschlossen hatte.

Sie trat näher und gab ihm die Karte.

»Aha«, sagte er, »verzeihen Sie. Fräulein Unger?«

»Ja«, sagte sie.

Er nahm die Zigarette in den Mund, ging zum Schreibtisch und suchte aus einem Holzkasten eine braune Kartothekkarte heraus.

»Ja«, sagte er, »Unger. Ihre Blutprobe war ausgezeichnet. Die Analyse ergab nichts Negatives. Ich habe Sie für heute herbestellt, weil wir – – Sie wollen also noch spenden, immer noch?«

»Gewiß«, sagte sie.

»Nun, es ist vierzehn Tage her« – er zuckte die Schultern und seufzte – »inzwischen hat sich manches geändert, was einen schon veranlassen könnte, zurückzutreten. Sie wollen also noch?«

»Ja«, sagte sie.

»Schön, ziehen Sie sich aus. Oberkörper.«

Sie warf den Mantel ab, knöpfte die Bluse auf und legte beides auf den fahrbaren Operationstisch, der neben ihr stand.

»Gut, gut«, rief der Arzt, »genügt.« Sie spürte seine kräftige Hand, die ihre Muskeln abtastete, ihren Puls kontrollierte, und zuckte leicht zusammen, als das kalte Stethoskop ihre Brust berührte.

»Übrigens, Unger«, sagte der Arzt, der sie nachdenklich und müde anblickte, »hatten Sie nicht Ihren Mantel hier hängen lassen?«

»Ja.«

»Haben Sie ihn zurück?«

»Ja.«

»Ein ehrlicher Mensch.«

»Ja, ein ehrlicher Mensch.«

Er nahm die Nickelklemmen aus seinem Ohr, nickte ihr zu und sagte: »Nichts einzuwenden. Ihr Allgemeinzustand ist so, daß ich Sie zulassen kann. Sie können sich wieder anziehen, welche Gruppe war es noch?«

»Null«, sagte sie.

»Ausgezeichnet, ich kann Sie gleich heute morgen gebrauchen. Wollen Sie? Für Fischer«, rief er der Nonne zu, »was meinen Sie?«

Während sie die Bluse wieder überstreifte, sah sie, daß die weiße Haube der Schwester nickte.

Der Arzt sah sie mit seiner müden Freundlichkeit an. »Sie haben Glück. Herr Fischer hat für den Blutspender seiner Tochter eine besondere Prämie versprochen, außer der üblichen Zuteilung natürlich. Wieviel war es, Schwester?«

»Fünfzehnhundert Mark«, rief die Schwester. Sie legte den schweren Nickeldeckel über den Instrumentenkasten und drehte sich um. »Fünfzehnhundert Mark«, sagte sie noch einmal, »Herr Fischer ist ein reicher Mann.«

»Ein Geldfischer«, sagte der Arzt und drückte lachend seine Zigarette aus, »kein Menschenfischer.«

Die Nonne schüttelte den Kopf, sah ihn mißbilligend an. »Sie bleiben am besten gleich hier, die Transfusion ist für zehn angesetzt, nicht wahr?«

»Ja«, sagte der Arzt, »von mir aus kann es gleich losgehen. Haben Sie gefrühstückt?«

»Nein«, sagte Regina.

»Können wir dem Fräulein etwas zu essen geben?«

»Nein«, sagte die Nonne, »ausgeschlossen.« Ihre große Haube wackelte energisch hin und her.

»Vielleicht einen kleinen Vorschuß auf die Zuteilung, was? Es wäre nicht schön, wenn ihr während der Übertragung schlecht würde.«

»Es geht wirklich nicht«, sagte die Schwester, »Sie können mir glauben. Die Zuteilung wird ja in Marken gegeben, nicht einmal von uns, vom Wirtschaftsamt, das Fräulein bekommt nur eine Bescheinigung.«

Der Arzt zuckte die Schultern. »Dann nehmen wir vielleicht besser den jungen Mann vom Zimmer a, er hat wenigstens etwas gegessen.«

»Nein nein«, rief Regina schnell.

Die beiden blickten sie erstaunt an. »Was ist«, fragte der Arzt.

»Ich möchte es sehr gern machen – – ich ... es wird mir nicht schlecht werden...«

»Meinetwegen, was meinen Sie, Schwester?«

Die Schwester zuckte die Schultern.

»Also fangen wir an.«

Als die Schwester hinausgegangen war, zündete er eine neue Zigarette an. »Ich würde Ihnen gerne eine anbieten, aber ich weiß nicht«, sagte er, »ich glaube...«

»Nein, danke, es würde mir schlecht werden, danke.«

Schon das Einatmen des Rauches verursachte ihr Schwindel. Der Hunger war jetzt eine Verbindung von Kopfschmerz, Übelkeit und Müdigkeit. Der Kopfschmerz war sehr plötzlich gekommen, ein heftiger bohrender Schmerz, dessen Ursache ihr unklar blieb. Immer wieder zuckte sie hoch und hielt die Hand vor den Mund, wenn das krampfhafte Gähnen sie überfiel, dieses Gähnen, das so heftig war, daß ihre Kiefer knackten. Sie beobachtete müde den Arzt, der sich in einem Porzellanbecken die Hände wusch, seine Zigarette ausknipste und den Rest oben auf den gläsernen Bord legte.

»Fischer ist wirklich ein reicher Mann«, sagte er, sich umdrehend und die Hände trocknend, »er könnte noch eine Kleinigkeit für das Frühstück der Leute zulegen, die seiner Tochter Blut spenden.«

»Welche Krankheit hat das Mädchen?«

»Kann ich Ihnen leider nicht sagen, ich darf nicht. Keine schöne Krankheit übrigens. Haben Sie schon einmal Blut gespendet?«

»Nein.«

»Dann erschrecken Sie nicht, ich werde Ihnen ein bißchen wehtun müssen, ich muß Ihre Vene öffnen, beißen Sie auf die Zähne«, sagte er seufzend, »stekken Sie das Geld und die Zuteilung ein, auch wenn« – er unterbrach sich – »also keine Angst, es sieht schlimmer aus, als es ist.«

»Das Geld«, fragte sie, »bekomme ich es hier schon?«

»Nein, Sie müssen es holen, bei diesem Fischer, diesem Geldfischer, weil –« er schwieg plötzlich, weil die Bahre hineingeschoben wurde.

Es schien nur ein sehr blasses Gesicht, das da hereingefahren wurde: dunkles schönes Haar über der schneeweißen Stirn und zwei schmale helle Augen: der Körper füllte gerade die Vertiefung der Segeltuchbespannung aus, so daß das weiße Leinen flach über den Rahmen gespannt erschien.

»Hierhin«, rief der Arzt. Er dirigierte die Nonnen neben den Operationstisch und rief Regina zu: »Kommen Sie.«

Sie stand auf. »Legen Sie sich hierhin, machen Sie den rechten Arm ganz frei.«

Sie knöpfte die Bluse am Ärmel los und streifte den dünnen Stoff hoch bis über die Schultern, wo sie ihn flüchtig zusammenrollte.

»Ja, ja«, rief der Arzt, »gut.«

Das Liegen tat ihr wohl, der Kopfschmerz ließ etwas nach, und als ihr eine der Schwestern ein Kissen unter den Kopf schob, fühlte sie sich fast wohl.

»Danke, Schwester«, sagte sie.

Es fiel ihr auf, daß das Gesicht des Arztes unruhig wurde. Es zuckte um die Mundwinkel und zitterte leise in einer seltsam müden Aufregung.

»Pumpen«, rief er ihr zu, »so.« Er öffnete die Hand und schloß sie, die Finger spreizend, und sie machte es ihm nach und sah, daß er gespannt auf ihren Arm blickte.

»Schön, schön«, rief er plötzlich, »sehen Sie, Schwester, wie sie herausspringt, wie schön, da kommen wir gut rein. Nun hier...«

Er trat an die Bahre des Mädchens und sagte leise: »Pumpen, Fräulein Fischer ... so.« Noch einmal führte er es vor, und Regina beobachtete gespannt die ernsten, fast hoffnungslosen Gesichter der Nonnen und des Arztes, die zusahen, wie der dünne weiße Arm sich schlapp hob und die kleine Hand heftig anfing, sich zu bewegen.

»Ruhiger«, sagte der Arzt, »viel ruhiger. So«, er machte die Spreizbewegung ruhig und gleichmäßig mit seinen starken roten Händen noch einmal und blickte auf den Arm des Mädchens. Er seufzte. »Nichts zu sehen, kein Wunder. Trotzdem, fangen wir an. Warten hat keinen Sinn. Los«, sagte er.

»Drehen Sie den Kopf nach links«, rief er Regina zu, und sie gehorchte ihm und blickte gegen eine grünlich getünchte Wand, auf der noch Pinselhaare klebten, schwarze dünne, deutlich sichtbare Streifen, die wie ein häßliches Muster aussahen, und in dieser Tünche war eine Tonmadonna aufgehängt, ein grobes armlanges Stück gebrannten Tons. Die Madonna hielt das Kind senkrecht von sich ab, so daß der übergroße tönerne Heiligenschein ihre Brust verdeckte und nur ihr Gesicht sichtbar blieb. Regina war müde, sie spürte, daß sie bald einschlafen würde, die Augen fielen ihr fast zu, sie hielt sie mühsam auf: vor ihren Blicken schwamm das Muttergottesbild in diesem häßlichen dünnen Grün wie in Wasser...

Sie zuckte plötzlich nach rechts, als sie den Stich in ihren Arm verspürte, und sah, daß der Arzt das Ende eines Gummischlauchs in ihre Vene gesteckt hatte, eine breite Nadel, die fast wie eine Schreibfeder flach und abgeschrägt war...

»Pumpen.«

Sie pumpte und spürte, daß um ihren Oberarm eine Gummischlinge gelegt wurde. Sie roch den sauberen unpersönlichen Geruch der Nonne, die an ihrem Kopf stehen mußte.

»Schneller abbinden, fester«, rief der Arzt, aber schon spritzte Blut oben heraus und setzte sich dick und rot über das grobe Gewebe seines weißen Kittels.

»Verflucht«, sagte der Arzt, aber die Schlinge um ihren Arm war nun ganz fest, und sie spürte, daß sie nicht würde schlafen können. Sie hielt den Kopf nach rechts, hörte, wie er »Pumpen!« rief, sah, wie er eine Nadel in den dünnen weißen Arm bohrte, sie wieder herauszog, wieder »Pumpen« rief, mehrmals, mehrmals die Nadel in den dünnen Arm bohrte und sie wieder herauszog: sein grobes Gesicht bedeckte sich mit Schweißperlen, rot und feucht stand es neben dem weißen Gesicht der Nonne, die den Schlauch festhielt und nun ein gläsernes rundes Gehäuse wie eine Eieruhr daran befestigte...

Sie schrie leise auf, als die Stauung an ihrem Oberarm plötzlich nachließ, und beobachtete mit kühler Spannung, daß der schlappe Schlauch sich füllte, sah, wie ihr Blut oben in dem gläsernen Behälter sich pulsend sammelte, eine dunkle Flüssigkeit, die schäumte und sehr heftig nachzufließen schien...

»Abbinden«, rief der Arzt, »abbinden.« Und sie sah, wie der Spiegel im Glasröhrchen sich senkte und der zweite schlaffe Schlauch, der in den Arm des fremden Mädchens führte, sich mit einer stetigen leise zuckenden Bewegung erfüllte.

Es schien unendlich langsam zu gehen, und sie spürte eine tiefe unerbittliche Müdigkeit, die jedesmal wieder verflog, wenn ihr gefühlloser rechter Arm plötzlich heftig durchblutet wurde und ihr Blut sich sprudelnd oben in dem Glasröhrchen sammelte...

»Schön«, murmelte der Arzt ein paarmal, »sehr schön«, und sie sah auf seinem Gesicht einen Ausdruck, der ihr fremd vorkam, den sie nicht erwartet hatte: Freude, wirkliche Freude.

»Schön«, sagte er, »sehr schön, wenn sie das hält...«

Manchmal versuchte sie, den Kopf ganz nach rechts zu werfen, um das Gesicht des Mädchens zu sehen, aber sie blickte nur gegen die dunkelblaue saubere Kutte der Schwester und schrie wieder leise auf, als der Schlauch mit der Nadel aus ihrer Vene gezogen wurde...

»Schön«, hörte sie den Arzt wieder sagen, »wirklich schön...«

Sie hatte das Gefühl, sich im Kreise zu drehen, erst langsam, wobei ihre Füße den festen Punkt bildeten, inmitten des Kreises, den ihr Körper nun immer schneller beschrieb. Es war wie im Zirkus ungefähr, wo die schlanke Schöne von einem kräftigen Gladiator an den Füßen gepackt und rundgeschleudert wird.

Zuerst erkannte sie noch die grünliche Wand mit dem roten Tonfleck der Statue und auf der anderen Seite das grüne Licht im Fenster; grün-weiß schob es sich abwechselnd vor ihre Augen, aber dann verwischten sich die Grenzen schnell, die Farben vermischten sich, ein sehr helles Grün-weiß rotierte vor ihr, oder sie vor ihm, sie wußte es nicht, bis in rasender Schnelligkeit die Farben zusammenflossen und sie sich horizontal zum Erdboden in einem fast farblosen Geflimmer drehte. Zugleich kamen neue Schmerzen hinzu, Ohren-, Leib-, Halsschmerzen: es schien, als ob der Hunger, dieses windige Bohren in ihrem Bauch, magnetische Gewalt gehabt hätte, immer neue Schmerzen auszulösen, sie fühlte sich ganz wund, roh und bloß und erkannte mit Schrekken, daß sie das Bewußtsein nicht verlieren würde.

Erst als die Bewegung sich verlangsamte, merkte sie, daß sie auf der Stelle lag, nur ihr Kopf, ihr Kopf schien sich zu drehen, sie hatte den Eindruck, als läge er manchmal seitlich zu ihrem Körper, ohne Verbindung zu ihr, manchmal zu ihren Füßen, und für Augenblicke lag er da, wo er hingehörte, oben an den Hals angesetzt. Ihr Kopf schien um ihren Körper herumzurollen, aber auch das konnte nicht wahr sein, sie fühlte mit den Händen nach ihrem Kinn und spürte es, die knochige Erhöhung; auch wenn ihr Kopf zu ihren Füßen zu liegen schien, spürte sie ihr Kinn. Vielleicht waren es nur die Augen, sie wußte es nicht, einzig gewiß war der Schmerz, der nun immer mehr zusammenschmolz, ohne an Substanz zu verlieren, so daß sie ihn nicht mehr zu trennen vermocht hätte nach Hals-, Ohren-, Leib- oder Kopfschmerz; auch die Übelkeit war wirklich fast chemisch wirklich, eine widerlich scharfe Säure, die ihr im Halse hochstieg wie in einem Barometer und immer wieder zurückfiel, um langsam zu steigen.

Es nützte auch nichts, die Augen zu schließen;

wenn sie die Augen schloß, drehte sich nicht nur der Kopf, dann spürte sie, wie Brust und Beine sich dem verrückten Kreisen der Augen anschlossen. Aber wenn sie die Augen offen hielt, konnte sie mit dem Bewußtsein, das sie nicht verließ, erkennen, daß der Wandsektor vor ihren Augen immer der gleiche blieb: ein Stück grünlich getünchter Mauer mit einer schokoladenfarbenen Borde oben und ganz dunkelbraun in das Helle hineingemalt ein Spruch, den sie nicht entziffern konnte. Die Buchstaben schrumpften manchmal zusammen wie jene mikroskopischen Schriften auf den Tafeln der Augenärzte, und schwollen dann an, widerliche dunkelgrüne Würste, die schnell in die Breite gingen, bis sie nicht mehr ihrer Form und ihrem Sinn nach zu fassen waren, sie platzten vor Dicke, entzogen sich der Lesbarkeit und schrumpften im nächsten Augenblick ein, winzig wie Fliegendreck, aber sie blieben. Immer gleich blieb dieser Sektor: das helle Grün der Wand, die schokoladenfarbene Borde und die Schrift, ein wechselndes Fett und Mager, und es fiel ihr ein, daß sich auch ihr Kopf nicht drehen konnte, wenn es auch so erschien...

Sie erschrak, als sie plötzlich sah, daß sie gerade lag, am gleichen Fleck wie vorher, ohne auch nur einen Zentimeter verrückt zu sein, und völlig bewegungslos: alles war ruhig, alles gehörte wieder zusammen. Sie sah ihre Brust und das schmutzige braune Leder ihrer Schuhe unten, und ihr Blick fiel gerade auf die Schrift an der Wand, die sie nun lesen konnte: Dein Arzt wird dir helfen, wenn GOTT ihm hilft.

»Da haben wir die Schweinerei«, hörte sie den Arzt sagen, »gleich wird sie kotzen.«

Wenn ich nur könnte, dachte sie, aber die scharfe Säure stieg immer nur bis zu einem gewissen Punkt in ihrem Hals und wich dann zurück, sie wurde wie von einem Krampf wieder hinuntergewürgt, von einem Krampf, über den sie keine Gewalt hatte.

Der Schmerz im Kopf war jetzt stechend, sehr scharf und klar, er schien sich auf einen Punkt über ihrer linken Braue konzentriert zu haben, und dieses Stechen schien immer wieder die Müdigkeit zu verscheuchen, sie wollte schlafen, schlafen...

Sie konnte den Arzt nicht sehen, wagte auch nicht, den Kopf zu bewegen, und in ihr waches Bewußtsein fraß sich der Geruch der süßlichen Zigarette, der immer noch in der Luft hing, und der Spruch, dunkel- auf hellgrün: Dein Arzt wird dir helfen, wenn GOTT ihm hilft. Dann schloß sie die Augen, und das Wort Gott blieb in ihr, erst schien es Schrift zu sein, vier dunkelgrüne große Buchstaben, die in jenem Dunkel hinter ihren geschlossenen Lidern standen, dann sah sie die Schrift nicht mehr, und es blieb bei ihr als Wort, sank hinein in sie und schien immer tiefer zu fallen und blieb doch, es fiel, fiel, fand keinen Boden und stand plötzlich wieder oben bei ihr, nicht Schrift, sondern Wort: Gott.

Gott schien der einzige zu sein, der bei all diesen Schmerzen, die sich nicht mehr trennen ließen, bei ihr blieb. Sie spürte noch, daß sie anfing zu weinen, es tropfte heiß und schnell aus den Augen über ihr Gesicht, und aus der Art, wie die Tränen fielen, ohne daß sie sie unten am Kinn oder am Hals spürte, merkte sie, daß sie nun auf der Seite lag. Die Müdigkeit schien ihr jetzt größer zu werden als der

Schmerz, die Tränen schienen den Schmerz zu mildern, und sie wußte, daß sie nun einschlafen würde…

XII

Fischer zog den Vorhang beiseite und stellte die Madonna auf einen Stoß dicker Bücher, so ins Licht, daß sie von allen Seiten bestrahlt wurde. Er lächelte. Immer noch nicht verzieh er sich, daß er bisher von ihrer Existenz nichts gewußt hatte. Jahrelang hatte sie also in einer Kirche gestanden, die nur eine Viertelstunde von seiner Wohnung entfernt lag, und er hatte sie nie entdeckt. Allerdings war sie in der Sakristei verborgen gewesen, unter Weihrauchfässern, geschmacklosen Monstranzen aus der Rokokozeit und reizlosen Gipsfiguren. Diese kleine Madonna aus dem fünfzehnten Jahrhundert war reizend, ihr Wert in Geld kaum abzuschätzen, und sie zu besitzen, war wunderbar. Er war glücklich, er lächelte leise, und zum ersten Male dachte er, daß wohl doch ein realer religiöser Kern an dieser Madonnenverehrung war, die das Volk betrieb: diese seltsam schmelzende süßliche Anbetung, die ihn bisher immer angewidert hatte, ohne daß er hätte den Grund aussprechen können...

Die Plastik vor ihm, ganz im Licht stehend, mit ihrer kräftigen roten und goldenen Bemalung, war von einer entzückenden Einfachheit des Gefühls: dieses Gesicht war wirklich jungfräulich, schön und mütterlich: er hatte es noch nie entdeckt, noch nie gesehen, daß diese drei Eigenschaften zusammenfielen: hier war es eindeutig: jungfräulich, schön und mütterlich und mit einem schmerzhaften Zug, der weder Jungfräulichkeit noch Schönheit noch Mütterlichkeit verzerrte: Schmerz und jene Trinität der Eigenschaften, die er aus theologischen Abhandlungen und der lauretanischen Litanei kannte, aber noch nie dargestellt gesehen hatte.

In diesem Augenblick – obwohl er keine Neigung zu überschwenglichen Gefühlen hatte – erschien sie ihm das schönste von all seinen vielen Kunstschätzen, dieses geschnitzte und bemalte Stück Lindenholz, das kaum so groß war wie ein Lexikonband und nun aus dem Schutt der Sakristei herausgezogen war: die prachtvollen tiefen roten und goldenen Farben etwas verkratzt. Er ging langsam um den Schreibtisch herum und betrachtete sie von jeder Seite eingehend: es war kein Fehler an ihr zu entdekken, nirgendwo eine Verkrampfung oder Übertreibung in der Darstellung, in der natürlichen Schönheit der Gestalt, im Mantelwurf, in der Haltung der Arme, der Neigung des Halses; und der seltsam demütige Stolz, mit dem sie den Nacken hielt und den Kopf trug, diesen außergewöhnlich schönen Kopf, der jene paradoxe Trinität ausdrückte, die ihm nun zum ersten Mal nicht paradox erschien. Sogar das Kind auf ihrem Arm gefiel ihm, obwohl er sonst eine Abneigung gegen Darstellungen des Jesuskindes hatte, sie waren meistens mißlungen, zu süßlich oder zu grob – wie ihm auch lebendige Kinder zu süßlich oder zu grob erschienen, kitschig oder plump.

Er trat näher und betrachtete das kaum zeigefingergroße Kind auf dem Arm der Muttergottes näher. Trotz allem mußte er einen leichten Ekel überwinden: insgeheim tadelte er die Künstler, die so kleinen Statuen auch noch proportionsgerechte Kinder in den Arm legten – sie erinnerten ihn immer an Embryos.

Er biß sich auf die Lippen, zog hastig seinen Sessel

näher und setzte sich: er spürte, daß er blaß geworden war und die Reihe glücklicher und heiterer, fast religiöser Gedanken jäh unterbrochen war, und wieder erfüllte ihn dieses andere Gefühl: ein Gemisch aus Langeweile und Ekel. Sein Blick ruhte weiter auf der kleinen Statue, aber er sah sie nicht mehr...

Er schrak zusammen, als es klopfte, nahm die kleine Figur schnell vom Tisch weg und setzte sie auf den oberen Rand des Bücherregals hinter eine Reihe großer Bände, wo sie ganz verdeckt wurde...

»Herein«, rief er.

Schon als er die Druckfahnen in der Hand seines Sekretärs sah, kam wieder die Langeweile hoch: eine unendlich sanfte Verzweiflung mit einer unendlich sanften Bitternis gemischt.

»Die Korrekturfahnen, Herr Doktor«, sagte der junge Mann, »für die erste Nummer des Gotteslammes, eben angekommen.«

Der junge Mann blickte ihn erwartungsvoll an, ein blasser schmächtiger Kerl, der devot und intellektuell zugleich aussah, eine Verbindung, die er sonst liebte, die ihm heute aber widerwärtig erschien.

»Danke«, sagte er, nahm die rauhen Bogen in Empfang, »es ist gut.«

An dem seltsam gekrümmten Rücken, dem verzogenen Nacken sah er, daß der junge Mann gekränkt war.

Nun ja, dachte er, als der Sekretär hinausgegangen war, diese erste Nummer des Gotteslammes war eine Leistung: Papierknappheit, Lizenzschwierigkeiten, die verzweifelte Suche nach Autoren und einer leistungsfähigen Druckerei in dieser Stadt, die wie ausgestorben erschien – alles war in sechs Wochen mit der leidenschaftlichen Hilfe des jungen Mannes überwunden worden – dazwischen war noch das verrückte Datum der Kapitulation gefallen, das neue unerwartete politische Schwierigkeiten brachte. Trotz allem war es gelungen, diese erste Nummer des Gotteslammes erscheinen zu lassen.

Er nahm die Bogen gelangweilt vor und ließ sie einzeln durch seine Finger gleiten. Nun, das alles würde der Sekretär machen, die Korrektur lesen, den Umbruch anordnen; er legte die Blätter beiseite und hielt nur das Titelblatt in der Hand: es zeigte eine schauerlich kitschige Gotteslammvignette, die schon seit fünfzig Jahren den Kopf des Blattes zierte; in allen Bibliotheken und in den Bücherschränken der katholischen Familien konnte man sie sehen: sie quollen aus Mappen, lagen staubbedeckt oben auf Schränken und in Abstellräumen, Millionen Exemplare, die diese Vignette zeigten: eine wahrhaft gräßliche Graphik: ein kurzgeschorenes Lamm mit müdem Gesichtsausdruck und devot gesenktem Schwanz, an dessen Hals ein Wimpel mit einem Kreuz gelehnt war.

»Der hochwürdigste Herr Kardinal bittet Sie, diese kleine Figur als Geschenk entgegenzunehmen, weil es Ihnen gelungen ist, trotz aller Schwierigkeiten, das Gotteslamm nun – – eh – wieder auf die Beine zu bringen«, hatte der Domherr zu ihm gesagt, »wir erwarten von diesem ersten publizistischen Versuch nach dem Krieg einen großen Erfolg...«

Er legte auch das Titelblatt beiseite, und es fiel ihm jetzt erst ein, daß er mit einer kleinen Kostbarkeit bedacht worden war, weil es ihm gelungen war, einige kraftlose Artikel unter dieser Vignette zu vereinen und drucken zu lassen. Aber die Ironie dieser Tatsache machte ihm keinen Spaß. Er war müde, Langeweile und Verzweiflung schienen sich inniger noch zu verschmelzen, ein träger Strom Unendlichkeit, dessen Bitternis nicht ausreichte, ihn reizvoll zu machen...

Das Telephon klingelte. Er nahm den Hörer ab und meldete sich.

»Krankenhaus der Vinzentinerinnen«, sagte eine Stimme.

»Ja«, sagte er, plötzlich erregt, »was ist?«

»Gut«, sagte die unbekannte Stimme, »Ihrer Tochter geht es gut. Viel besser. Herr Dr. Weiner hat eine Transfusion gemacht, die vollkommen gelungen ist. Bis heute abend wird sich entschieden haben, ob die Besserung anhält.«

»Danke, Schwester«, rief er, »danke. Ich werde mir erlauben, heute abend vorzusprechen. Grüßen Sie meine Tochter bitte.«

»Schön. Sie hatten eine Prämie für die Blutspenderin ausgesetzt, darf ich sie zu Ihnen schicken?«

»Gewiß«, rief er, »gewiß, ich freue mich, ihr die kleine Anerkennung zu überreichen. Sonst noch was?«

»Nein. Bis heute abend also.«

»Auf Wiedersehen«, sagte er und hing ein...

Die kurze Freude war schon vorüber, als er den Hörer auflegte und das leise metallische Knacken der Gabel hörte. Wieder spürte er es, wie ein großes Gewässer, in dem er bis zum Halse verborgen stand und dessen laue unendliche Oberfläche ihm bis an den Mund reichte: Langeweile, Ekel und irgendwo ein bißchen Wollust...

Im Kriege hatte es Augenblicke gegeben, in denen das Leben fast schön gewesen war; wenigstens gefährlich und bedroht, täglich bedroht, eine Bedrohung, die um so schöner war, als sie von unfehlbaren Sicherheiten umgeben war: ein starker Bunker, Geld, Vorräte und die Gewißheit, daß er politisch immer richtig liegen würde, wie es auch kommen mochte – selbstverständlich war er in der Partei gewesen, hatte sogar manche Konferenz mit den Nazis gehabt – auf ihre Art schienen sie übrigens ›Kerle‹ gewesen zu sein – aber er besaß gleichzeitig ein umfangreiches geheimes Schriftstück des Erzbischofs, daß er auf dessen Weisung, fast unter dessen Druck, gleichsam mit einer religiösen Aufgabe in die Partei gegangen war...

Seitdem kein Krieg mehr war, ging alles so glatt, daß es ihn anwiderte: Geld zu verdienen war so leicht, daß ihn jedesmal Spott und Ekel ergriff, wenn er die Bündel aus dem Geldschrank nahm, sie durchzählte und wieder verschloß. Es wäre lächerlich gewesen, sich in die Kontrollierbarkeit eines Bankkontos zu begeben: eine halbe Mansarde voll von Kunstgegenständen, die er, weil sie ihm mißfallen hatten, dort abgestellt hatte, brachte ihm mehr Geld ein, als ihm früher durch den Verkauf zweier Gutshöfe zugefallen wäre...

Früher, dachte er, steckte eine Zigarre an und ließ noch einmal die Druckfahnen des Gotteslammes durch seine Finger gleiten, ohne sie zu sehen. Früher hatten ihm eine Menge Dinge Freude gemacht: Goethe zu lesen, seine Gedanken darüber niederzuschreiben, auszufeilen und sie dann gedruckt zu sehen: oder eine religiöse Zeitschrift aufzubauen, sie wachsen zu sehen, auch wenn er sie dann den müden und unfähigen kirchlichen Behörden gleichsam fertig in den Schoß legen mußte. Nichts mehr interessierte ihn heute...

Er drehte die Zigarre in den Fingern und überließ sich seinen Erinnerungen, er blickte sie an wie Photos eines fremden und langweiligen Lebens; unendliche Öde lösten sie aus: eine ganze Kiste von Bildern, die ihn nichts angingen, während er gezwungen war, sie anzusehen: eine Kette unendlich vieler langer Nachmittage schien sich aufzutun, angefüllt mit der Öde eines zu vollen Magens und dem Klavierspiel einer Anfängerin, die dazu verdammt ist, ewig in der Mittelmäßigkeit herumzuklimpern.

Einzig, sooft ihm seine Frau einfiel, kam der Haß hoch, stachelte ihn auf, machte ihn für Augenblicke warm, nur für Augenblicke, denn auch mit ihr empfand er Mitleid, dieser Schönheit mit dem Profil einer italienischen Fürstin...

Langeweile, Ekel und ein bißchen Wollust: Langeweile, Widerwillen und der sanfte Kitzel, den ein Packen Geldscheine in ihm auslöste – woran er auch denken mochte, immer war die Langeweile der überwiegende Mischungspartner, sie nahm überall den größten Raum ein, während ihre Beimischungen: Wollust, Überdruß, Ekel, Mitleid, winzig erschienen, erdrückt von ihrer bleiernen Masse...

Für einen Augenblick fiel ihm die Madonna ein, aber zugleich tauchte auch ›Embryo‹ in ihm auf, ein Wort, das alle anderen verscheuchte und stehenblieb: häßlich, weder Langeweile noch Überdruß erregend, sondern Angst; es war ihm immer widerwärtig gewesen wegen des Ypsilons, das dem O eine unzüchtige Bedeutung zu geben schien: es schien wie ein Geheimwort, einer fremden Sprache entnommen, eingesetzt, um einen ganzen Komplex ebenso geheimnisvoller wie ekelhafter Begriffe auszudrükken, ein Stenogramm des Grauens, das ihm einfallen und ihn verfolgen würde, sooft er an Madonna denken würde, an irgendeine nur, oder an die Eine: für immer würde Madonna mit Embryo gekoppelt sein, ein schönes Wort mit einem häßlichen, beide einander auslösend wie Spiegelbilder...

Ihm fiel ein, daß er die fünfzehnhundert Mark bereitlegen mußte, und er stand auf. Er schloß den Geldschrank auf, ließ die schwere Tür aufpendeln und griff in die Haufen: zehn Fünfziger, fünfundzwanzig Zwanziger und fünfzig Zehner...

Er ging zum Schreibtisch zurück, legte das Geld in eine Schublade, und als er sie zuschloß, fiel ihm auf, daß das Geld roch, im Gegensatz zum Sprichwort: es roch sogar stark, jedesmal spürte er diesen Geruch, wenn er den Geldschrank öffnete: ein süßlicher schwacher Dunst, süßlich und dreckig, unpersönlich und beziehungsreich, schwach und von einer verblüffenden Eindringlichkeit. Wenn er die Tür öffnete, kam ihm eine heftige süßliche Wolke entgegen, süßlicher Dreck, der den Begriff Bordell in ihm auslöste – aber es fiel ihm ein, daß es Blutgeruch war, der sehr verdünnte, verfeinerte Geruch von Blut...

Er verspürte eine kleine Erleichterung, als ihm Elisabeth einfiel: ihr Name, die Erinnerung an sie löste eine seltsame Zärtlichkeit aus, obwohl er nicht wußte und sich nicht erklären konnte, wieso, aber es blieb: eine etwas ironische Heiterkeit erfüllte ihn, obwohl er wütend auf sie war, weil sie auch sein letztes Geheimnis entdeckt hatte in dieser spielerischen mühelosen Art, wie sie alles entdeckte...

Jedenfalls erschien ihm die Tatsache originell, daß sie das Gesetz der Zeit auf den Kopf stellte: anstatt Geld in Sachwerten anzulegen, machte sie Sachwerte zu Geld und verschenkte es: sie verkaufte Familienwerte, zog Geld aus Mietshäusern ein, hob von Konten ab, ließ Bilder und Möbel über den Schwarzmarkt gehen und widmete sich einem neuartigen humanen Sport, indem sie Gutscheine für Brot austeilte.

Diese hysterische Manier dünkte ihn lächerlich, zugleich aber imponierend wegen ihrer souveränen Art, die übrigens die Eigenschaften wirklicher Originalität hatte: sie war starrköpfig, und insgeheim freute er sich auf den Kampf, den sie ihm und dem Alten angesagt hatte – –

Waffenstillstand, hatte sie gesagt.

Es würde gefährlich werden, wenn es ihr gelänge, den Soldaten aufzutreiben, der Willis Testament gebracht hatte: man konnte Willis Leiche ausgraben, seine Identität feststellen, und im gleichen Augenblick, wo sein Tod amtlich beglaubigt wurde, war das Testament rechtskräftig, solange nicht zu beweisen war, daß der Dienststempel oder der Name des Offiziers gefälscht war...

Er schlug mit dem Füllfederhalter gegen den Lampenschirm, um den Sekretär hereinzurufen, und als der devote blasse Bursche in der Tür erschien, sagte er freundlich: »Verzeihen Sie, Windeck, ich war eben in Gedanken: Ich freue mich, daß die erste Nummer des Gotteslammes, unsere gemeinsame Arbeit, vorliegt, und glauben Sie nicht, daß ich Ihr Verdienst daran unterschätze. Mögen Sie eine Zigarre?«

Der Sekretär lächelte glücklich, suchte sich aus

der vorgehaltenen Kiste eine Zigarre heraus und sagte leise: »Danke, Herr Doktor...«

»Nehmen Sie noch eine...«

Er nahm noch eine.

»Übrigens, gleich kommt eine Frau, die meiner Tochter Blut gespendet hat – geben Sie ihr auf die Bescheinigung des Krankenhauses hin dieses Geld gegen Quittung – fünfzehnhundert Mark...«

»Jawohl«, sagte der Sekretär.

Er sah nicht mehr, daß der Chef die Zigarre aus der Hand legte und den Kopf in die Hände stützte...

XIII

Die hohe graue Flanke der Kirche war aufgerissen zwischen zwei Pfeilerstützen, breit und hoch, und in der Öffnung stand das Tageslicht grau und hell wie in einem riesigen Tor: Steinbrocken lagen unten wie nach einer Felssprengung. Ringsum häufte sich Geröll, aber am Eingang fand er Spuren von Aufräumungsarbeit und ging auf den glatten weißen Fliesen zwischen den aufgehäuften Trümmern darauf zu und drückte die Brettertür auf, die ins Innere führte: er erschrak, die roh zusammengehauene Tür war nur angelehnt, sie drehte sich bei seiner Berührung, fiel auf ihn, und er fing sie mühsam auf und lehnte sie wieder an. Drinnen war es still, Vögel flogen durch den Raum: er hörte sie pfeifen. Irgendwoher kam das Piepsen der Jungen, und sofort fiel sein Blick auf einen verbeulten Leuchter, der noch im Gewölbe verankert war: die Kette schaukelte, krächzte leise, und er sah zwei fette Spatzen, die auf dem Metallkranz wippten. Sie flogen auf, als er weiterging. Nur in einem kleinen Umkreis der Tür war aufgeräumt, der Schutt weggeräumt; als er weiterging, mußte er über Steinbrocken klettern, und er blickte auf, als er ins Mittelschiff trat: aus dem großen Riß in der Flanke fiel das Licht grell in die Zerstörung: die Heiligen oben waren alle gekippt, ihre Sockel leer, oder nur stumpfe häßliche Reste klebten oben an der Mauer: irgendwo zwei Beine, bis zu den Knien, ein einsamer Armstummel, der sehr sorgfältig im Gewölbe befestigt gewesen war, und ein breiter Mauerriß zeichnete sich scharf und schwarz wie das Schattenbild einer Treppe von oben bis unten ab. Oben im Gewölbe stand der Himmel wie ein scharf ausgezacktes Stück Grau, und er sah einen zweiten tiefen Riß, der bis in die große Flankenwunde lief, schmal werdend, mit hellem Licht gefüllt, sich wieder erweiternd, und er konnte genau die Dicke der Mauer verfolgen, die vom Gewölbe aus sich verstärkte und unten am Erdboden breit war wie eine Tür, schwer und grau. Sein Blick blieb unten: der Altar war verschüttet, das Chorgestühl vom Luftdruck umgekippt, er sah die breiten braunen Rückwände wie zu einer höhnischen Anbetung geneigt. Auch die untere Reihe der Säulenheiligen war lückenhaft: zerkratzte Torsi und zerschundener Stein, häßlich in seiner Verstümmelung und schmerzhaft verzerrt, als sei er lebendig gewesen: die teuflische Häßlichkeit fiel ihm auf: manche Gesichter grinsten wie wilde Krüppel, weil ihnen ein Ohr fehlte oder das Kinn oder weil seltsame Risse ihr Gesicht verzerrten, andere waren kopflos, und der steinerne Halsstummel ragte schrecklich über den Körper hinaus. Schlimm auch waren die, denen die Hände fehlten, sie schienen fast zu bluten, stumm flehend, und eine barocke Gipsfigur war merkwürdig gespalten, fast eingedrückt wie ein Ei: das blasse Gipsgesicht des Heiligen war unversehrt, ein schmales trauriges Jesuitengesicht, aber Brust und Bauch waren aufgerissen, der Gips heruntergebröckelt, er lag in weißlichen Scheiben zu Füßen der Figur, und aus der düsteren Höhlung des Bauches quoll Stroh heraus, mit erhärtetem Gips getränkt.

Er kletterte weiter, vorbei an der Kommunionbank in die linke der beiden Conchen: die Fresken waren unversehrt; das Tageslicht fiel voll auf sie. Wunderbar blasse und zugleich leuchtende Farben eines alten Freskos stellten die Anbetung der Heiligen Drei Könige dar. Noch in der Verblichenheit leuchtend, an manchen Stellen nur noch schwach gefärbte Zeichnung, erschien ihm das Bild tröstlich, weil es unversehrt war; auch der Nebenaltar war heil, er schien sogar gesäubert zu sein: die Mensa war blank, und ein Blumenstrauß stand vor dem steinernen Tabernakel, und als er sich umblickte und ins Seitenschiff sah, waren die dunklen Beichtstühle leicht vorgeneigt, plumpe kippende Kästen mit Staub bedeckt und Mörtelbrocken, und fern am Ende der niedrigen Säulenreihe sah er ein Licht, das er bisher nicht entdeckt hatte: er ging darauf zu. Die Kerze brannte vor einem Muttergottesbild, und neben ihr hing das große hölzerne Kruzifix, das früher im Gewölbe vor dem Leuchter gehangen hatte...

Er schob Steinbrocken und Dreck von einer Bank und setzte sich. Als er zuletzt in einer Kirche gewesen war, war noch Krieg gewesen, und es schien unendlich lange her, obwohl erst ein Monat seitdem verstrichen war. Die Kerze flackerte unruhig vor einem Gnadenbild, dessen hölzerner Grund sich von Feuchtigkeit leicht geworfen hatte. Der Lack war stellenweise schon heruntergebröckelt, und es liefen weißliche Striemen über das Gesicht Mariens – nur die Blumen waren frisch und schön, wunderbare große Nelken mit fetten Köpfen, die in prallen Kapseln standen...

Er versuchte zu beten, aber im gleichen Augenblick erschrak er: er hörte Gesang, unter sich, aus der Erde kam er. Der Schauer war nur kurz, denn es fiel ihm die Krypta ein, die wohl unbeschädigt war, und er lauschte dem Gesang: die Stimmen klangen dünn, gefiltert, engelhaft, es schienen nur wenige zu sein, sie sangen ohne Begleitung, und als er den Text des Liedes erkannte, auch die Melodie, fiel ihm ein, daß Mai war, immer noch Mai, – der Monat, in dem der Krieg zu Ende gegangen war...

Er hörte an den Stimmen, daß sie gerne sangen: an die erste Strophe schloß sich die zweite an, dann die dritte, und er bedauerte es, daß plötzlich Schluß war; es blieb still und die Stille fiel auf ihn, bedrückte ihn: er hätte gewünscht, sie hätten weitergesungen.

Er hatte Angst, die klaffenden Risse erschienen ihm plötzlich bedrohlich, er fühlte, sie könnten sich erbreitern, das Gewölbe stürzen und ihn begraben mit diesen verstümmelten Figuren; der Schweiß brach ihm aus: wirklich, die Gewölbe schienen sich zu neigen – er stand auf, bekreuzigte sich hastig und lief bis zur Tür und über den Fliesenweg bis an das schwere eiserne Gitter...

Auf der anderen Seite des Chores hörte er die Leute herauskommen: sie lachten und sprachen miteinander, und dann sah er sie: eine kleine Gruppe grauer Gestalten, die sich rasch verteilte, und von der nur die schwarze des Priesters übrigblieb...

Er setzte sich auf den steinernen Sockel des Gitters und wartete. Er wußte, daß die Pfarrhäuser hinter ihm lagen, und hatte eben gesehen, daß sie bewohnt waren. Obwohl er den Hunger kaum noch spürte, nur wie ein nagendes leicht berauschendes Gefühl, nahm er sich vor, den Priester um etwas zu bitten, um Brot oder Kartoffeln oder eine Zigarette. Er sah die Gestalt näher kommen, von unten gesehen wirkte sie groß, der schwarze Rock flatterte um die Beine, zwei Schuhe, groß und gebogen, arm und häßlich...

Der Priester erschrak, als sich plötzlich eine Gestalt vor ihm aufrichtete, sein mageres und zugleich verquollenes Gesicht verzog sich nervös, und er krampfte seine Hände um das dicke Choralbuch...

»Verzeihen Sie«, sagte Hans, »können Sie mir etwas zu essen geben?«

Sein Blick fiel über die schrägen Schultern des Priesters an groben Ohren vorbei auf den Platz vor der Kirche: blühende alte Bäume, deren Stämme von Schutt halb verdeckt waren...

»Gewiß«, hörte er den Priester sagen. Die Stimme war heiser und schwach, und er sah ihn jetzt an: ein Bauerngesicht, das mager und kräftig war, eine dicke Nase und merkwürdig schöne Augen.

»Gewiß«, sagte er noch einmal, »wollen Sie hier warten?«

»Ja«, Hans setzte sich wieder: er war erstaunt. Er hatte die Bitte ausgesprochen, weil ihm eingefallen war, daß der Priester wenigstens würde versuchen müssen, ihm zu helfen, aber daß es jemand geben konnte, der ihm sofort etwas zu essen zusagte, erstaunte ihn...

Er blickte der Gestalt nach, die die Straße überquerte, ihm vom Treppeneingang her noch einmal zuwinkte...

Die Aussicht, etwas zu essen zu bekommen, hatte den Hunger wieder lebendig gemacht; er kam hoch: dieses seltsam heftig gähnende Nichts, das seine Backen wie in einem Krampf zusammenfahren ließ: diese Wolke aus Luft, dieses fordernde Aufstoßen, das einen üblen Geschmack im Munde hervorrief und ihn zugleich mit Hoffnungslosigkeit erfüllte: Essen, dachte er, ist eine unerbittliche Notwendigkeit, die mich mein Leben verfolgen wird; dreißig, vierzig

Jahre lang würde er noch täglich essen müssen, mindestens einmal, Tausende von Mahlzeiten waren ihm noch auferlegt, die er sich besorgen mußte irgendwie: eine hoffnungslose Kette von Notwendigkeiten, die ihn mit Schrecken erfüllte. An diesem Tage schleppte er sich schon neun Stunden vergeblich durch die Trümmer der Stadt und hatte nichts bekommen, nicht einmal das, was ihm versprochen gewesen war. Ein schrecklicher Kampf, den er also noch viele tausend Male würde kämpfen müssen, und nicht für sich allein; zum ersten Male dachte er an Regina, und ihr Bild stand deutlich vor ihm, unerbittlich schön und zwingend: das blonde Haar und ihr blasses Gesicht, leicht von Spott verzogen, wenn es in der dunklen Höhlung der Tür aufgetaucht war, um zu fragen: Willst du etwas Brot – willst du eine Zigarette? Er sehnte sich nach ihr, ganz plötzlich und heftig, schmerzlich, und er stellte sich vor, daß er sie küssen würde...

Das Lächeln auf dem Gesicht des Kaplans erschien ihm überirdisch, fast so unwirklich wie der helle und reine Gesang, der aus der Krypta zu ihm hochgestiegen war. Er fühlte sich an der Schulter gezogen und mitgerissen, Schwäche ergriff ihn, und er taumelte leicht, als er der eilenden Gestalt nachfolgte. Sie umkreisten die Rundung des Chores, ein Halbzirkel, der ihm unendlich weit erschien, stiegen die Treppe hinunter; er spürte die Kühle der dicken Mauern und schrak zusammen, als ihm der Kaplan die nassen Finger mit dem Weihwasser auf die Handfläche legte...

»Sind Sie katholisch?« fragte der Kaplan, als er sich bekreuzigte.

»Ja«, sagte er, »ich bin in dieser Kirche getauft.«

»Nicht möglich.«

Sie blieben im Eingang stehen.

»Doch. Wirklich.«

»Mein Gott, dann sind Sie ja...«

»Ja«, sagte er seufzend, »es war meine Pfarrkirche, bis ich in den Krieg ging.« Flüchtig dachte er an die weit entfernten Sonntage, die er an der Seite seiner Mutter im Halbdunkel dieses wohltuenden romanischen Raumes verbracht hatte...

»Und jetzt?« fragte der Kaplan.

»Jetzt wohne ich draußen in einem Vorort...«

»Kommen Sie.«

Er folgte dem Kaplan in das düstere Gewölbe, in dem die Bänke eng nebeneinander standen: nur schwaches Tageslicht fiel herein, und vorne flakkerte die winzige rötliche Flamme des Ewigen Lichtes vor dem Tabernakel. Der Kaplan winkte ihm, in die Sakristei zu folgen, und er neigte vor dem Altar nur den Kopf, weil er zu müde war, die Knie zu beugen. Drinnen war es heller, eine Glühbirne brannte, und auf dem müden Bauerngesicht des Kaplans wirkte das Lächeln wie eine Grimasse des Schmerzes...

»Sie machen mir eine Freude«, sagte der Kaplan.

Er deutete auf eine dunkelbraune Bank vor einer niedrigen Garderobe, deren Vorhang nicht geschlossen war: bunte Chorknabenröcke und die langen weißen Spitzengewänder der Priester sah er, alles schien etwas staubig zu sein.

»Ja, ja«, sagte der Kaplan eifrig, und sein müdes Gesicht verzerrte sich etwas vor Begeisterung. »Genau so ist es: eine Freude machen Sie mir.«

Er schob eine Tür auf und drückte ein paar Rollen staubiger Zeichnungen beiseite. »Ich bin heute noch von niemand um etwas gefragt worden und habe noch zwei Päckchen von der Opferung heute morgen hier – mal sehen.«

Seine schwarzen Ärmel fuchtelten nun ganz nah vor Hansens Gesicht herum, legten ein paar braun eingewickelte Paketchen auf den Tisch, und der Kaplan sagte: »Nehmen Sie es, so wie es ist, und denken Sie: es ist nicht von mir, nicht mir haben Sie zu danken...«

»Wem denn?«

»Danken Sie Gott – unbekannten Menschen – der – er –« sein Gesicht rötete sich ein wenig vor Verlegenheit – »der lebendigen Kirche, kann man wohl sagen« – seine Augen wurden schmal vor Erregung, »Sündern vielleicht, vielleicht Heiligen – ich weiß nicht, Armen – vielleicht sogar Reichen...«

Hans nahm die Pakete vom Tisch und versuchte, die Schnüre zu entfernen, aber seine Finger waren kraftlos, er spürte, wie ihn eine plötzliche Schwäche lähmte.

»Ich kann nicht«, sagte er, »bitte tun Sie es.« Die breite Hand des Priesters zog eine Schlinge los, wikkelte sorgfältig die Schnur ab und enthüllte den Inhalt: ein runzeliger kleiner Apfel rollte über den Tisch, eine dicke Scheibe Brot, sehr dick, fast so dick wie das Meßbuch, das daneben lag, eine in Seidenpapier gewickelte Zigarette, und ein Paar Militärsokken, sauber gewaschen und gestopft, das leuchtende Weiß der Ringe zog sich rundherum...

»Da«, sagte der Kaplan, »da.«

Hans versuchte mit den Fingern das Brot zu ergreifen, aber es gelang ihm nicht: es schien unendlich dick zu sein; die Kruste, braun und rund, zog sich herum wie die Umwallung einer Festung, und es war sinnlos, danach zu greifen, seine Hände waren zu klein. Die Zigarette lag da auf der glatten Fläche des Tisches wie eine riesige weiße Papperolle, eine Reklamezigarette, die von einem hohen Giebel heruntergerollt war, zu groß, seine Hände lagen auf dem Tisch, ganz klein und schmutzig, sehr weit entfernt, und auch die Stimme, die er hörte, war sehr weit. Die Stimme sagte: »Trinken Sie.«

Er spürte, daß etwas in ihn hineinfloß, mild und kühl und doch Wärme auslösend, ein wunderbares Getränk, dessen Geschmack ihm irgendwie bekannt vorkam, dessen Namen er aber vergessen hatte; er fühlte seine Zunge, die die feuchten Lippen berührte, und trank wieder, wieder floß es in ihn hinein: wunderbar mild und kühl, und er wußte es plötzlich: es war Wein ... Wein.

Die Dinge auf dem Tisch nahmen ihre wahre Gestalt wieder an, eine dicke Schnitte Brot, wie das Meßbuch, ein Apfel, eine Zigarette, ein Paar Socken. Seine Hände füllten sich mit Kraft und Leben, und er erkannte vor sich, ganz nah, das bestürzte Gesicht des Kaplans; grau und müde, rötliche Schwellungen unter den Augen; er sah das Glas, nahm es in seine Hand und trank.

Wein, dachte er und setzte plötzlich erschreckt das Glas ab, stellte es auf den Tisch und sah dem Kaplan in die Augen.

»Keine Angst«, sagte dieser lächelnd, »keine Angst, es ist Wein – nur Wein – – möchten Sie noch etwas –?«

»Wenn Sie glauben.«

»Warum nicht. Es ist Wein.«

Er trank einen tiefen Schluck und sah zu, wie der Priester das zweite Paket öffnete: er entrollte ein viereckiges Kopftuch, aus dem ein Geldschein herausfiel. Seine Augen waren wieder so klar, daß er die 50 erkennen konnte und die gelben Streifen des Kopftuches...

»Haben Sie denn Wein genug –– ich meine Meßwein...«

»Ja, ja«, sagte der Kaplan – »keine Sorge – für Jahre genug.« Er legte die Sachen auf den Tisch zurück. »Ein paar Tropfen genügen ja, und wir haben den ganzen Vorrat gerettet – außerdem gibt es neuen. Haben Sie eine Frau?« fragte er lächelnd, faltete das Kopftuch ganz auseinander und hielt sich den zarten bunten Fetzen vors Gesicht...

Hans schwieg einen Augenblick und sagte dann: »Ja.«

Es entstand ein etwas peinliches Schweigen, währenddessen der Kaplan das Tuch wieder zusammenfaltete. Hans setzte das Glas auf den Tisch zurück. Er sah den Priester an, und er wünschte plötzlich, heftig und brennend, bei Regina zu sein.

»Ich will gehen«, sagte er, »verzeihen Sie...«

Hans nahm das Paket vom Tisch und sagte: »Also ... ich ... wir sehen uns noch einmal, hoffe ich...«

»Ich hoffe es sehr – stellen Sie mir Ihre Frau vor. Warten Sie...«

Er ging in die Ecke der Sakristei, nahm umständlich einen Schlüssel aus seiner Hosentasche und öffnete einen großen verstaubten Schrank. Er kam mit einer rötlich schimmernden Flasche zurück, hielt sie Hans hin und sagte: »Von mir haben Sie noch nichts – nehmen Sie das bitte.«

»Gehört sie wirklich Ihnen...?«

Der Kaplan lachte: »Nicht ganz, ich habe sie, sagen wir, gerettet aus dem Keller eines brennenden Hauses: der Besitzer hat sie mir später geschenkt, ich glaube, ich darf darüber verfügen. Auf Wiedersehen«, sagte er...

Hans wartete noch einen Augenblick an der Tür und sah zu, wie der Kaplan die Schiebeschränke schloß.

»Warten Sie nicht«, rief er, »ich bleibe noch hier...«

Hans ging. Er verbeugte sich leicht vor dem Altar und als er draußen schneller zu gehen versuchte, schlug die Flasche ihm schwer und kalt gegen den Schenkel.

XIV

Er hörte plötzlich, daß sie gekommen war; ihr Schritt war müde, sie verharrte einen Augenblick im Flur; sie schien den Mantel auszuziehen und im Dunkeln an den Kleiderhaken zu hängen. Dann näherten sich ihre Schritte seiner Tür, und er spürte, daß sein Herz klopfte, sehr heftig und regelmäßig; dann blieb sie vor seiner Tür stehen; er hätte jetzt gerne ihr Gesicht gesehen, und er wartete darauf, daß sie eintreten und nach ihm sehen würde, aber ihre Schritte entfernten sich wieder, und er hörte, daß sie in die Küche ging...

Er hatte aufstehen wollen, sofort als sie kam, aber er konnte nicht. Die Freude schien ihn zu lähmen. Er lag da und spürte nur das Klopfen seines Herzens...

Kurz darauf kam sie auf den Flur und hackte Holz. Alles stellte sich ihm sehr deutlich dar; wie sie die grob geschlagenen Klötze auf den Boden setzte und blindlings draufschlug im Dunkeln, das Holz nicht spaltend, ihm nur winzige Späne abspleißend. Wenn sie es wenigstens nicht festhält im Dunkeln, dachte er, und sich auf die Finger schlägt. Das Beil war stumpf, er kannte es, aber sie hätte sich doch einen Finger abschlagen oder sehr stark verletzen können. Er hörte, daß sie leise anfing zu fluchen. Oft schlug sie daneben und hieb mit dem schweren Beil auf die Dielen, es verursachte ein leises Zittern der Mauern und des Bodens. Dann schien sie Späne genug zu haben, sie warf das Beil in eine Ecke und ging wieder in die Küche zurück...

Es war dann sehr still, es war fast ganz dunkel geworden, die Schatten im Zimmer waren blau, fast wie dunkler Rauch, sie setzten sich in den Ecken fest, er konnte nichts mehr sehen als gerade die Umgebung des Bettes, alles schmutzig, die defekten Wände, und er sah jetzt zum ersten Male, daß die Decke ein richtiges Loch hatte.

Er stand auf, ging leise zur Tür und machte sie vorsichtig auf. Aus der Küche kam Licht. Der alte blaue Mantel, den sie vor die Scheibe gehängt hatte, ließ an den löcherigen Stellen große gelbe Kreise von Licht sehen, und die Strahlen fielen in den Schmutz der Diele: irgendwo blinkte die Schneide des Beiles, und er sah die dunklen Holzklötze, deren Schnittflächen gelblich leuchteten. Er ging langsam näher und sah sie jetzt, und es fiel ihm ein, daß er sie noch nie so gesehen hatte. Sie lag auf dem Sofa, hatte die Beine hochgestellt, mit einem großen rötlichen Tuch umwickelt und las. Er sah sie von hinten, die langen feuchtglänzenden Haare erschienen dunkler und rötlich, sie fielen über die Lehne des Sofas, neben ihr stand die Lampe, und der Ofen brannte: auf dem Tisch lag eine Packung Zigaretten, stand ein Marmeladenglas, ein angeschnittenes Brot und daneben das Messer mit dem schwarzen losen Griff...

Plötzlich wußte er, daß er sie sein Leben lang sehen würde. Es ergriff ihn etwas wie Schwindel, er konnte sie sich gut als alte Frau vorstellen, immer noch schlank, die Haare grau, und das runde, etwas spöttische Gesicht. Diese Erkenntnis berührte ihn sehr tief und schmerzlich, und er spürte etwas Unerbittliches, es war, als habe jemand in eine verborgene Stelle seines Inneren kaltes Wasser gegossen von jener Sorte, wie es die Zahnärzte in die angebohrten

Zähne schütten: es war sehr wohltuend und zugleich schrecklich. Er hatte das Gefühl, sie schon vor langen Jahren so gesehen zu haben und sie in zwanzig Jahren zu sehen, immer wieder – er war aus dem Bett aufgestanden, hatte etwas Unwiderrufliches getan, etwas, was nicht rückgängig zu machen war: er hatte das Leben angenommen, und es drängte sich für ihn hier zusammen: eine kurze Spanne Unendlichkeit, die voll Schmerz und Glück war...

Sie rauchte die Zigarette aus einer Spitze, die sie offenbar im Mund hielt: manchmal wandte sie sich um und stieß mit einer habichtartigen Bewegung den Kopf nach unten, um die Asche abzuschütteln. Er sah ihr scharfes und zugleich sehr sanftes Profil und hatte plötzlich wieder den Wunsch, sie zu küssen. Aber er blieb stehen: er wußte wohl, was es bedeuten würde, wenn er in die Küche trat: er würde leben müssen: eine unendliche Last von Tagen auf sich nehmen, die nicht mit ein paar Küssen zu bezahlen war; auf die Plattform des Alltags steigen, diese Tribüne des Schwarzhandels, Arbeitens oder Klauens, während er gedacht hatte, er könnte unter der Tribüne schlummern, im Schatten und unter dem Getrampel der Spieler...

Er wußte, noch war Zeit, zu verschwinden, leise die Treppe hinunterzusteigen und in die Nacht zu gehen. Vielleicht würde sie nicht einmal sehr traurig sein, sie rechnete sicher nicht mehr damit, daß er zurückkommen würde...

Er wußte nicht, daß er lächelte. Er sah sie zum ersten Male, schien ihm: er hatte immer noch ihren Mantel an, er trug ihn, weil er keinen Rock mehr hatte. Er roch nach ihr. Es war sehr still, sie blätterte langsam die Seiten um, legte dann die Zigarettenspitze weg und er sah jetzt, daß sie auf ihrem Bauch eine Tasse stehen haben mußte. Das Feuer im Ofen war heftiger geworden, er hörte es fauchen, und auch oben in dieser Ruine heulte der Wind: oben an dem schadhaften Dach und in den zerstörten Teilen des Hauses fegte der Wind Steinbrocken und Putzreste herunter, die klatschend in den anderen Dreck fielen.

Sie hatte die Tasse auf den Stuhl gestellt und las weiter. Sie las sehr langsam, es machte ihn ungeduldig, und während er sie beobachtete, fiel ihm ein, daß er einmal Buchhändler gewesen war und eine andere Frau gehabt hatte, die mit ihm zusammen gearbeitet hatte. Er war manchmal mit ihr im Kino gewesen oder hatte sie nach Hause gebracht, wenn sie Kurse gehabt hatten – es lag alles unendlich fern, in einem anderen Leben, er konnte sich nicht vorstellen, daß er jemals etwas ernst genommen hatte: einen Kursus, einen Beruf – er entsann sich seiner brennenden hemmungsvollen Schüchternheit, wenn er sie nach Hause gebracht hatte, die später seine Frau war: es hatte ihn nach Zärtlichkeiten verlangt, aber er hatte nicht gewagt, ihr auch nur den Arm anzubieten – an Herbstabenden in der erleuchteten Stadt – manchmal ging es durch dunkle Gassen, und an einer hellerleuchteten Station stiegen sie in eine Bahn und sprachen die ganze Zeit von Büchern, Kinostücken, Vorträgen, die sie gehört hatten. Sie war nicht hübsch und nicht elegant gewesen, klein und unscheinbar, und zwischen den Baumstämmen war das sanfte Licht der Gaslaternen gewesen, gelb, sich verteilend, fließend, fast flüssig, und zwischen Licht und Bäumen, diesen grauen sanften Bäumen, hatte der Nebel in langgezogenen dichten Schwaden wie Rauch gestanden und sich langsam ausgebreitet, fast schwelend wie verdecktes Feuer – Dann war er am Fluß vorbei nach Hause gegangen, sehr langsam, ganz nah an dieser Schwelle aus Granit, die den Damm oben krönte, und neben ihm war im Nebel unsichtbar das Wasser gewesen, rauschend, sehr ruhig und stetig, und er hatte die Zigarettenstummel immer so weit er konnte in den Nebel hineingeworfen, wo sie zischend im Nichts erloschen...

Sie rührte sich immer noch nicht, einmal zog sie die Decke vom Fuß etwas höher und fester, und er nahm diese mädchenhafte, ungeduldige Bewegung wie etwas Neues hin...

Er trat plötzlich ohne anzuklopfen ein, ging sofort auf sie zu und küßte sie auf den Mund. Er spürte ihre sanften, etwas feuchten Lippen und sah, daß sie die Augen offen hielt: ihre Augen waren dunkelgrau, schimmernd und etwas schräg, und in dem ruckartigen Hochschlagen der violettschimmernden Lider war etwas Puppenhaftes. Er sah sie an, während seine Lippen ihren Mund festhielten, er hatte sie am Nacken gepackt und spürte ihre Haare glatt zwischen den Fingern. Er blickte sie sehr lange an und sie schlug die Augen nicht nieder, erst später, als sie das Buch hatte fallen lassen und er sich tiefer beugte, später erst schloß sie die Augen, und es erschreckte ihn zu beobachten, wie ihr Gesicht die Spuren einer sanften Verzückung zeigte...

Er ließ sie los und fühlte, daß er errötete.

»Setz dich doch«, sagte sie. Sie hatte sich aufgerichtet, die Decke von den Beinen gestreift, die Füße herumgeschwenkt und saß nun. Er konnte nicht verstehen, daß er sich so freute, sie zu sehen. Er nahm ihre Tasse vom Stuhl, stellte sie hinter sich auf den Tisch und setzte sich.

Sie sagte: »Du lachst ja, du lächelst ja, was ist los?«

Er sagte nichts, er spürte die Wärme des Ofens wohltuend hinter sich.

»Mein Gott«, sagte sie wieder, stand auf, packte das Marmeladenglas, das Brot, das Messer, ließ dann alles doch stehn, und er sah zum ersten Mal ihre Hände ganz nah: sie waren klein und schmal, sehr kindlich, fast erschreckend klein. Ihre Hände zitterten...

»Du hast doch Hunger, wie?«

»Ja«, sagte er und richtete sich auf und blickte sie an: ihre Augen waren feucht.

Er nahm eine Zigarette aus der Packung, die sie auf dem Tisch liegen hatte, riß sich einen Streifen bunten bedruckten Papiers vom Marmeladenglas und drehte einen Fidibus. Sie sah ihn an...

»Wie lange warst du weg? Es kommt mir so lange vor, länger als der ganze Krieg...«

Er schlug den Fidibus aus, legte den Rest des angesengten Papiers auf den Tischrand und blieb bei ihr am Ofen stehen...

»Ich mache Kaffee«, sagte sie.

Er nickte nur. In ihrem Gesicht war etwas wie Verlegenheit; sie waren sich plötzlich sehr fremd. Sie schlug die Augen nieder, riß heftig den Verschluß ihres grünen Pullovers hoch, ordnete den zerknitterten Rock und strich sich übers Haar. Das Wasser brodelte. Sie tat mit einem Löffel Pulver in die Kanne und fing an, mit einer henkellosen Tasse das kochende Wasser in die Kanne zu gießen...

Als er den Geruch von Kaffee in der Nase spürte, wußte er, daß ihm fast schlecht vor Hunger war. Er setzte sich, drückte die Glut von der Zigarette ab und steckte die Kippe in die Manteltasche...

Sie goß den Rest des Wassers ein, legte den blechernen Deckel des Marmeladenglases über die Kanne und setzte sich neben ihn. Sie fing an, Marmelade auf Brot zu schmieren, langsam und ruhig, aber er sah doch, daß ihre Hände zitterten. Sie legte die Brote auf eine kleine gelbliche Kachel, blickte in die Kaffeekanne und goß ihm dann ein...

»Trink doch mit«, sagte er leise.

»Wie?«

»Trink mit.« Sie lächelte, als er ihr ihre Tasse herüberreichte, und goß ein...

Gleich beim ersten Bissen, den er schluckte, spürte er einen heftigen Schwindel: das Stück Brot mit Marmelade schien irgendwo in einen verborgenen Angelpunkt seines Körpers hineingefallen zu sein und ihn aus dem Gleichgewicht geworfen zu haben. Ihn schwindelte heftig, alles kreiste um ihn, obwohl er die Augen geschlossen hatte, es war wie ein heftiges, nicht sehr unangenehmes Pendeln, er selbst schien wie eine Art Schlegel in einem dunklen dumpfen Raum hin und her zu schwingen.

Er öffnete die Augen wieder, trank einen Schluck, biß wieder ins Brot, und je mehr er aß und trank, um so mehr nahm dieses heftige pendelnde Schwingen ab...

Er nahm ein neues Marmeladenbrot und spürte, daß ihm wohler wurde. Der Kaffee war herrlich. Er nahm den Zigarettenrest aus seiner oberen Tasche und sagte zu ihr: »Gib mir doch Feuer, bitte.« Sie nahm den Fidibus von der Tischkante...

»Wozu hast du dich entschlossen«, fragte sie, »was willst du tun?«

»Ich habe noch nicht darüber nachgedacht, aber ich werde etwas tun. Ich freue mich sogar.«

»Wirklich?«

»Wirklich«, sagte er, »ich freue mich, etwas zu tun; wir wollen noch darüber sprechen. Hier.« Er zog den Schal aus der Tasche und entfaltete ihn vor ihrem Gesicht – »ich möchte dir das schenken...«

»Wie schön!« sagte sie, sie nahm das Tuch in ihre Hände, spreizte die Finger und ließ es wie einen Schleier darüber liegen. »Schön«, sagte sie, »sehr schön, ich bin sehr froh...«

»Ich habe auch Wein«, sagte er, »eine ganze Flasche Wein, etwas Brot und einen Apfel.«

»Einen Apfel«, sagte sie, »das ist wirklich eine Seltenheit; um diese Zeit gibt es nicht einmal auf dem Schwarzmarkt Äpfel...«

Er drückte die Zigarette aus und stand auf: »Komm«, sagte er leise, »geh mit mir, gehst du mit?«

»Ja«, sagte sie. Er blieb wartend am Tisch stehen und sah zu, wie sie den Kerzenleuchter vom Schrank nahm, die Zigaretten in ihre Tasche steckte und die Streichhölzer nahm; ihr Gesicht war sehr ernst, sie weinte fast. Er sah es und ging auf sie zu. »Wenn du nicht möchtest«, sagte er,» wenn du nicht mit mir gehen möchtest – ich werde nicht böse sein; ich liebe dich sehr.«

»Nein«, sagte sie, und er sah, daß ihre Lippen zuckten, »ich will sehr gern mit dir gehen ... ich bin nur traurig...«

»Warum?«

»Ich weiß nicht«, sagte sie. Er öffnete die Tür, knipste die Stehlampe aus und schob sie langsam vor sich her, indem er sie an der Schulter gefaßt hielt. Im dunklen Flur hielt er sie fest, bis er die Tür zu seinem Zimmer geöffnet und das Licht dort angeknipst hatte.

»Komm herein«, sagte er.

Er ließ ihre Schulter los und winkte ihr mit dem Kopf. Sie kam sehr langsam näher. Er schloß die Tür hinter ihr.

Sie setzte sich aufs Bett, und er rückte den Tisch nahe heran, so daß sie ihre Arme aufstützen konnte. »Hast du Gläser?« fragte er...

»Ja, im Schrank, dort«, sie zeigte mit dem Finger in die Ecke, wo es trotz des Lichtes dunkel war. »In einem Karton – auch ein Korkenzieher ist da.«

Er wühlte im Dunkeln in dem staubig riechenden Schrank herum, bis er an den klirrenden Karton stieß.

»Komm her«, sagte sie. Sie nahm ihm die Gläser ab und wischte sie sorgfältig mit dem Schal aus: er sah, während er die Flasche öffnete, daß sie in dem matten Schein der Lampe blinkten. Er goß die Gläser voll und setzte sich neben sie.

»Komm«, sagte er leise und hob sein Glas, »du bist jetzt meine Frau, willst du es sein?«

»Ja«, sagte sie ernst, »ich will es.«

»Ich werde dich nicht verlassen, solange ich lebe.«

»Ich werde bei dir bleiben, ich freue mich.«

Sie lächelten sich zu und tranken.

»Ein guter Wein«, sagte sie, »sehr mild und schön.«

»Es ist Meßwein«, sagte er, »ich habe ihn geschenkt bekommen.«

»Meßwein?« fragte sie; er sah, daß sie erschrak; sie rückte das Glas weg und sah ihn an.

»Keine Angst«, sagte er und legte seine Hand für

einen Augenblick auf ihren Arm, »es ist Wein, nur Wein. Glaubst du denn daran?«

»Ja, ja«, sagte sie, »ich glaube daran. Du nicht?«

»Doch ... ich hatte auch Angst, jetzt nicht mehr.«

»Manchmal«, sagte sie leise, »habe ich gewünscht, ich glaubte nicht daran, aber ich konnte es nicht ändern: ich glaube daran. Ich wünsche nur, ich könnte den Wein trinken, wenn er nicht nur Wein wäre. Ich bin sehr traurig.«

»Ich auch«, sagte er, »ich bin traurig. Wir werden sehr oft traurig sein.«

Sie zog das Glas zu sich heran und trank mit ihm.

»Wirklich«, sagte sie, »ich habe Angst.«

Sie lagen lange wach und rauchten, während im Hause der Wind heulte, Brocken löste und Steine stürzen ließ, Putzballen mit lautem Krach von den oberen Stockwerken hinuntersegeln ließ, wo sie zerplatzten und sich wie Geröll verteilten. Er sah nur einen Schimmer von ihr, einen warmen rötlichen Hauch, wenn die Zigaretten aufglühten: die sanften Umrisse der Brüste unter dem Hemd und das ruhige Profil. Beim Anblick der festgeschlossenen schmalen Kerbe ihrer Lippen, jenem kleinen schwarzen Tal in ihrem Gesicht, erfüllte ihn unendliche Zärtlichkeit. Sie steckten die Decken an den Seiten fest und schmiegten sich aneinander, und es war wunderbar zu wissen, daß es warm war und daß man die ganze Nacht warm liegen würde; die Läden klapperten, und es pfiff durch die Löcher in den Scheiben und es heulte oben durch die Reste des Dachstuhls, und irgendwo klatschte etwas heftig und stetig gegen eine Wand, etwas Metallisches, und sie sagte neben ihm leise: »Das ist die Dachrinne, sie ist schon so lange defekt.« Sie schwieg nur einen Augenblick, faßte seine Hand und fuhr leise fort: »Es war noch nicht Krieg«, sagte sie, »da wohnte ich schon hier, und wenn ich nach Hause kam, sah ich das Stück Dachrinne dort hängen und dachte immer: sie müssen es reparieren lassen; aber sie haben es nicht repariert, als der Krieg kam; es hing immer schief da, eine der Klammern hatte sich gelöst und schien jeden Augenblick zu stürzen. Ich hörte es immer, wenn Wind war, jede Nacht, wenn es stürmte, und ich lag hier. Und an der Hauswand sah ich deutlich die Spuren des Wassers, das nach jedem Regen schräg in die Mauer hineinfloß, eine weiße dunkelgrau umrandete Bahn, die an dem Fenster vorüber nach unten führte, rechts und links von ihr große kreisrunde Flecken, deren Kern weiß war, von immer grauer werdenden, dunklen Ringen umgeben ... Später bin ich weit weg gewesen, ich mußte in Thüringen arbeiten und in Berlin, und als der Krieg zu Ende ging, bin ich wieder hierhergefahren, und es hing immer noch da: das halbe Haus war eingestürzt – ich war weit weg gewesen, sehr weit weg und hatte viel Schmerz gesehen, Tod und Blut, ich hatte Angst gehabt – und die ganze Zeit über hatte diese schadhafte Dachrinne hier gehangen, den Regen nun ins Leere gelenkt, weil keine Mauer mehr da war. Die Dachpfannen waren weggeflogen, Bäume waren umgelegt worden, Putz war heruntergebrökkelt, aber dieses Stück Zinkblech hatte immer noch an der einen haltenden Klammer gehangen, sechs Jahre lang.«

Ihre Stimme wurde leise, fast singend, sie drückte seine Hand, und er fühlte, daß sie glücklich war...

»Viele Regen hatte es geregnet in diesen sechs Jahren, viele Tode waren gestorben worden, Dome zerstört, aber die Dachrinne hing noch da, und ich hörte sie nachts klappern, wenn etwas Wind war. Glaubst du, daß ich mich freute?«

»Ja«, sagte er …

Der Wind hatte sich plötzlich gelegt, es wurde ruhig und die Kühle kroch still und unmerklich näher. Sie zogen die Decken höher, verbargen auch die Hände darunter. In der Dunkelheit war nichts mehr zu erkennen, nicht einmal ihr Profil sah er, obwohl sie so nahe lag, daß er ihren Atem spürte: die warmen Stöße trafen ihn ruhig und regelmäßig, und er dachte, sie schliefe, und plötzlich spürte er ihren Atem nicht mehr und tastete hilflos nach ihren Händen. Und er fühlte, wie sie ihre Hand oben wegnahm vom Kopf oder von ihrer Brust, seine Hand ergriff und sie festhielt. Mit einem Glück, das er nie gekannt hatte, fühlte er, daß es warm war und daß er niemals frieren würde, wenn er bei ihr schlief. Er rückte noch näher an sie heran, drückte sie an sich, so fest, daß sie ihre Hände heben mußten, weil kein Platz mehr zwischen ihren Körpern war. Er spürte ihren Atem nicht mehr und stellte sich vor, daß sie die Nase nach oben hielt und ins Dunkle an die Decke starrte, und zum ersten Male dachte er: Was mag sie denken. Er hoffte, daß sie glücklich war; er liebte sie, aber er kannte keinen einzigen ihrer Gedanken; er liebte sie, und er wußte, daß sie ihn liebte, aber von ihren Gedanken wußte er nichts, und er würde nie etwas davon wissen, niemals auch nur einen Bruchteil von den unzähligen Gedanken, die sich in ihrem Hirn bildeten während der langen Stunden des Tages und der Nacht. Er fühlte sich sehr allein und hatte den Eindruck, daß sie nicht so sehr allein sei…

Und plötzlich wußte er, daß sie weinte. Es war nichts zu hören, er entnahm nur den Bewegungen des Bettes, daß sie mit der freien linken Hand in ihrem Gesicht herumwischte, aber auch das war nicht klar, und doch wußte er, daß sie weinte. Er setzte sich auf, spürte im gleichen Augenblick die Kälte, die unter der Tür her aufs Bett zog, er beugte sich ganz nah über sie, fühlte ihren Atem wieder, der sich auf seinem Gesicht wie ein Strom erbreiterte und milde an ihm vorbeifloß, so daß er die sanfte Berührung bis an die Ohren spürte. Auch als seine Nase ihre eiskalte Wange berührte, sah er noch nichts; es war ganz finster geworden um sie herum, und plötzlich hatte er eine ihrer Tränen auf der Lippe. Er hatte immer gehört, daß Tränen salzig sind, salzig wie Schweiß, und manchmal war ihm der Schweiß an den Wangen herunter in den Mund geflossen, und er wußte jetzt, daß Tränen salzig sind, salzig und warm wie Schweiß.

»Leg dich«, sagte sie leise, »du erkältest dich, es zieht so...«

Er blieb über ihr; er wollte sie sehen, aber er sah nichts, bis sie plötzlich die Augen aufschlug: da sah er den sanften Glanz ihrer Augen und die schimmernden Tränen. Er legte sich langsam zurück und suchte von neuem ihre Hand, die ihm entglitten war, während er sich aufrichtete. Sie lag lautlos und er wußte, daß sie immer noch weinte, manchmal bewegte sich ihr linker Arm leise zum Gesicht hin. Er wandte sich ganz plötzlich zu ihr und blies ihr seinen Atem ins Gesicht und glaubte zu spüren, daß sie lächelte. Er blies noch einmal.

»Es ist schön«, sagte sie leise, »sehr warm.« Sie blies ihm auch ins Gesicht, sehr heftig, und es war wirklich warm, sehr wohltuend. Eine ganze Zeitlang bliesen sie sich gegenseitig ins Gesicht...

Dann küßte er sie im Dunkeln, spürte aber eine ganz leise, kaum merkliche Abwehr und ließ sich wieder in seine alte Lage zurückgleiten.

»Ich glaube«, sagte er, »ich liebe dich wirklich...«

»Oh ja«, sagte sie, »wirklich, ich liebe dich...«

Plötzlich mußte er gähnen, es zuckte wie ein Krampf in ihm hoch, eine unendliche Müdigkeit. Sie lachte und legte den Arm um seinen Hals, und ihm schien, als gähne sie auch, er küßte sie flüchtig auf die Wange und es war ihm, als habe er sie noch nie geküßt, sie kam ihm wie eine ganz fremde Frau vor...

Er legte seinen Arm um ihre Schulter, zog sie ganz nahe an sich heran und schlief ein, sein Gesicht an ihres gepreßt, und sie wechselten im Schlaf ihre warmen Atemstöße wie Zärtlichkeiten...

XV

Als sie den Schrank abrückte, stürzte der Putz von der Wand, ein großer Placken, dessen Risse sich geschwind erbreiterten; es klatschte schwer an den Schrankseiten vorbei, verteilte sich schnell über den Boden, ein kalkiges dreckiges Geröll, und sie hörte, daß es sich hinter der Rückwand des Schrankes staute, während das nackte Mauerwerk sichtbar wurde. Als sie den Schrank mit einem Ruck zur Seite bewegte, löste sich die Stauung, und es rollte zwischen den vier Beinen heraus; Dreck, staubiger kalkiger Dreck, eine Wolke stob auf, die sich über alle Gegenstände des Zimmers lagerte: ein feiner ekelhafter Puder, und sie hörte es unter ihren Füßen knirschen; wo sie auftrat, war ein trockener Kalkbrei, der sich in den groben Rillen des Bodens festsetzte...

Sie fühlte, daß ihr die Tränen kamen, ein unbekanntes schmerzhaftes Gewölle der Verzweiflung ihre Kehle füllte, ein Wulst von Schmerz, der heraus wollte, aber sie würgte ihn hinunter und ging mit zuckendem Gesicht wieder an die Arbeit. Sie öffnete das Fenster, fegte den Putz, eine weiße Wolke vor sich hertreibend, und fing an, alles zum zweiten Male mit dem Staublappen abzureiben. Insgeheim verfluchte sie diesen plötzlichen Trieb, der sie veranlaßt hatte, sauber zu machen. Woher kam er nur? Sie wußte es nicht. Dieser Trieb nach Ordnung und Sauberkeit war ganz neu, und sie wußte, daß es sinnlos war. Vorher schien alles sauberer gewesen zu sein: wo sie den Boden naß gewischt hatte, wurden nun

Flecken und häßliche Kreise sichtbar: uralter eingetretener Kalk, den man vorher nicht bemerkt hatte: alle ihre Mühen brachten nur eine unheimliche Transparenz widerlicher Flecken zum Vorschein, die unausrottbar erschien. Auch die Möbel sahen nun, nachdem sie sie zum zweiten Male abgerieben hatte, schäbiger aus als vor der ersten Reinigung; ausgehauene Stellen und Splitterlöcher waren nun erst richtig sichtbar geworden: häßlicher Krempel stand da, der kaum noch einer Säuberung wert schien: das schadhafte Bett, der Tisch, dessen Platte locker war und den man nur vorsichtig bewegen konnte, damit die Füße nicht aus dem Leim fielen, und diese beiden Schränke: hohe braune Kästen, fleckig von Kalk, verzogen vom Regen, und oben besät mit kleinen Kalkstückchen, die ständig aus der schadhaften Decke nachfielen...

Eine Unendlichkeit von Schmutz tat sich auf, die ihr jetzt schon Verzweiflung verursachte, und gegen den anzukämpfen sinnlos war. Die Tapete war zerfetzt, der Putz überall rissig, und an manchen Stellen wurden die Placken nur noch durch den Kleister gehalten, der die Tapete an den Putz heften sollte, aber der Kleister hielt nun den Putz.

Als sie den zweiten Schrank vorsichtig zur Seite schob, hörte sie nur ein leises Bröckeln, Putzteile, die sich hinten gesammelt hatten, kullerten zu Boden, ein paar Hände voll Dreck...

Eimer um Eimer schleppte sie in die Bude, aber sie brauchte nur zwei Quadratmeter aufzuwischen, und schon war das klare Wasser milchig und dickflüssig von gelöstem Kalk, Gips und Sand, und jedesmal, wenn sie den Eimer unten in die Trümmer kippte, blieb ein zähes Sediment, das sie mühsam ausspülen mußte. Jedesmal, wenn sie mit neuem Wasser ins Zimmer trat, blieb sie erschrocken stehen: die Stellen, die sie aufgewischt hatte, waren inzwischen getrocknet und leuchteten weiß, spröde und häßlich, während der Boden, den sie noch zu säubern hatte, eine dunkle und regelmäßige Farbe hatte.

Auch aus den Fußleisten heraus rieselte es ständig nach, ein besonders feines Geröll, von dem nur wenig genügte, um einen ganzen Eimer Wasser weißlich zu färben und für die weitere Reinigung zu verderben...

Etwas wie Trotz veranlaßte sie, den Kampf fortzuführen, weiter Eimer um Eimer zu schleppen, obwohl sie insgeheim wußte, daß es sinnlos war: die Flecken kamen immer wieder hervor, und immer wieder kamen neue Brocken: welch eine Menge Kalk und Gips, Zement und Sand verarbeitet war, erkannte sie erst, als sie einen neuen Sturz auffing und einen ganzen Eimer trockenen Dreck herunterschleppte, der hinter dem Bett herausgekullert war und an der Wand nur eine kleine nackte Stelle verursachte. Sie fühlte nach und stellte fest, daß der Putz lose neben der Wand stand: ein kühler dunkler Spalt war zwischen Putz und Mauerwerk, in den sie ihre Hand hineinstekken konnte, und als sie vorsichtig dagegen klopfte, klang es hohl und geheimnisvoll. Die Decke war uneben, stellenweise hatte sie sich gesenkt unter dem Gewicht der Putzmassen, hatte Risse und Spalten gebildet, eine ganze Geographie feiner Verästelungen, die eines Tages platzen und herunterfallen würden, neue Staubmengen, neue Kalkmassen, die durch Wasser auf dem Boden zum Leben erweckt würden, eine weiße unausrottbare Fleckigkeit, die wie zäher Ausschlag immer wieder hervorkommen würde...

Später lag sie auf dem Bett und rauchte, das Gesicht zur Wand gedreht, um die Sinnlosigkeit ihrer stundenlangen Qual nicht zu sehen, dieser Qual, die sich fortpflanzen, die ewig dauern würde. Der Wekker auf der Kommode zeigte fünf Uhr: sieben Stunden hatte sie gearbeitet, unzählige Eimer Wasser geschleppt, aus diesem Trieb heraus, den sie als neu und schrecklich empfand; und der Boden zeigte alle Schattierungen vom leuchtenden Weiß bis zum dunkelsten Grau in einer teuflischen Unregelmäßigkeit: ein fleckiges Denkmal ihrer Mühe.

Die Kleider klebten ihr am Leibe, schienen auf sie gepappt wie dünner Gummi, der ihr keinen Raum zum Atmen ließ, und sie roch sich selbst: diesen säuerlichen Schweißgeruch und den Dunst von schmutzigem Putzwasser, und das brennende Verlangen nach guter Seife und sauberen Kleidern trieb ihr die Tränen in die Augen. Sie knipste die Zigarette aus und aß langsam etwas Brot, indem sie Brocken um Brocken von der großen Scheibe abpflückte und in den Mund schob...

Draußen regnete es, Dunkelheit schlug ins Zimmer und milderte die aufreizenden Spuren ihrer sinnlosen Säuberung, und als sie das Brot gegessen hatte, zündete sie die Zigarette wieder an und lag auf dem Bett, im Rauschen des Regens rauchend und träumend. Sie konnte es nicht verhindern, daß die Tränen ihr übers Gesicht liefen, stoßweise lösten sie sich aus ihr, unaufhaltsam, heiß, sich schnell abkühlend...

Sie erschrak, als sie aufwachte, richtete sich auf und sah, daß es sechs war. Es schien ihr, als seien die

Wasserzeichen auf dem Boden dunkler geworden, und wenn es auch nicht sauber aussah, schien doch eine gewisse Glätte und Regelmäßigkeit zu herrschen. Sie sehnte sich so nach Sauberkeit; dieses Verlangen hatte sie getrieben, anzufangen, aber es schien sinnlos zu sein, es quoll nach, quoll unaufhörlich nach, der Dreck schien der Säuberung nicht zu weichen, sondern diese als eine Herausforderung zu empfinden und sich zu verdoppeln, zu verdreifachen: als die Sonne draußen plötzlich durchbrach, erschrak sie: die Schränke waren wolkig, sahen wie beschmiert aus, und der Boden zeigte seine teuflische Musterung in voller Pracht...

Sie stand müde auf, setzte Wasser auf den Herd, legte Holz auf und musterte, während das Wasser warm wurde, ihre Schätze: eine halbe Flasche Wein, ein halbes Brot, etwas Marmelade, ein Klumpen Margarine, eine ganze Tasse voll Kaffeepulver, die sie sorgsam mit Pergamentpapier zugebunden hatte, Tabak und Zigarettenpapier und Geld, Geld, in der Schublade, ein kleiner Haufen schmutziger Scheine: fast zwölfhundert Mark und die fünfzig, die Hans ihr gegeben hatte; ihr Reichtum erschien ihr groß und tröstlich...

Sie hielt die Seife lange unter die Nase, rieb sie trocken über Gesicht und Wangen, um den Geruch nahe zu spüren, den Geruch dieser dünnen zerschlissenen Scheibe, die mit etwas Mandelaroma durchsetzt war...

Sie hörte, daß er draußen etwas Schweres auf den Boden setzte, einen Sack offenbar, der etwas Hartes und Schweres zu enthalten schien, und als er eintrat, sah sie, daß es draußen wieder regnete, er war naß im Gesicht, und schwarzer Kohlendreck hatte sich mit Regen gemischt, schwärzliche Striemen liefen über sein blasses und müdes Gesicht; es schien, als weine er schwarze Tränen. Sie sah es durch den spärlichen Seifenschaum hindurch, der in ihren Brauen und Wimpern hing und sie blinzeln machte, und sie schämte sich ihrer nackten Brust und hielt mit nassen Händen das Hemd hoch, das heruntergerutscht war. Er küßte sie lächelnd auf den Nacken, und sie sahen sich für einen Augenblick nebeneinander im Spiegel, seinen dunklen Kopf auf ihrer Schulter neben ihrem hellen Gesicht...

Sie aßen im Bett. Neben der Kaffeekanne auf dem Stuhl stand der kleine Stapel rötlich beschmierter Brote. Die Luft war süß und mild, draußen regnete es, und das Geräusch des stetigen Regens war wie eine Verzauberung. An der Decke wurden die dunklen Kreise wieder sichtbar, wie immer, wenn es regnete, lautlos sich vollsaugende, sich erweiternde Kreise, die wachsen würden, bis die Pfütze, die im zerstörten Stockwerk darüber stand, leergesogen war; die stille und flinke Art, wie das Wasser sichtbar wurde, wie auf einem Löschblatt, hatte etwas Beunruhigendes; diese Kreise waren wie Augen, die ihnen zuzusehen schienen, in der Mitte, im Kern dunkel, fast schwarz, mit dem hängenden Tropfen, der nachfiel – zum Rande hin sich abstufend in immer hellerem Grau; sie erschienen wie Signale, Warnzeichen, die aufleuchteten, für einige Tage stehenblieben und wieder verschwanden, nur dunkle Ränder zurücklassend; manchmal löste sich dann später ein Placken, klatschte der Kalk aufspritzend auf den Boden, und oben blieb das Lattengeflecht, eine finstere Lücke, die sich langsam mit Spinngeweben füllte, und an diesen Stellen, wo der Putz schon heruntergefallen war, tropfte es durch. Sie hatten das Bett verrückt, und nun stand es mitten im Zimmer und dieser Zustand erhöhte den Eindruck der schwimmenden Unsicherheit...

Sie lagen nebeneinander, ohne sich zu berühren. Schon die Tatsache, sauber zu sein, erfüllte sie mit Glück; nur manchmal, wenn er ihr Brot herüberreichte, berührte er ihr Gesicht oder ihren Arm, und sie lächelte ihm zu.

»Übrigens«, sagte er, »hat dein Entlassungsschein die schwerste Probe bestanden.«

»Ja?«

»Ich habe einen Registrierschein darauf bekommen, obwohl« – er lachte – »obwohl ich offenbar der erste bin, der entlassen wird. Sie haben die ersten erst Mitte Juni erwartet. Ich glaube, wir ändern das Datum am besten jetzt und warten bis Mitte Juni, aber die Marken habe ich bekommen.«

»Schön«, sagte sie, »bis wann?«

»Bis Ende Juni schon – wer weiß, was bis dahin ist...«

»Ja«, sagte sie, »das ist fast ein ganzer Monat – bis dahin – und die Briketts?«

Er lachte wieder. »Es ist ganz einfach. Man braucht nur auf die Züge zu springen und sie herunterzuschmeißen, manchmal halten die Züge auch, und sie sind kaum bewacht. Ich habe mir alles genau angesehen, den ganzen Nachmittag lang. Jemand hat mir sogar genau die Zeiten gesagt, wann die Züge kommen« – Er griff in die Tasche des Mantels, der über der Stuhllehne hing und nahm einen Zettel heraus – »Morgens um fünf, dann gegen elf und nachmittags kurz nach vier und um sechs, sie fahren ganz regelmäßig. Man müßte einen Wagen haben. Um fünf kann man noch nicht gehen, weil Sperrstunde ist. Willst du Kaffee?«

»Ja«, sagte sie.

Sie nahm die Tasse von dem Stuhl, der an ihrer Seite neben dem Bett stand, und hielt sie ihm hin. Er goß ein.

»Ja«, sagte er, »wer weiß, was bis Ende Juni ist, bis Mitte Juni. Wir haben Geld und Marken, Brot und Tabak, und ich werde jeden Tag hundert Briketts holen, das genügt. Ich habe gehört, daß man für fünfzig Briketts ein Brot bekommt und für zehn eine Zigarette.«

»Ja«, sagte sie, »das wird stimmen. Brot kostet dreißig, und die Zigarette sechs, und im Sommer sind die Kohlen billig...«

»Sie steigen im Preis, wenn das Thermometer fällt – aber dann wird auch das Brot steigen – im Winter ist der Hunger schlimmer.«

»Wir wollen noch nicht an den Winter denken.«

»Nein«, sagte er, »um Gottes willen, wir wollen noch nicht an den Winter denken.«

»Ich bin sehr glücklich«, sagte sie langsam.

»Ich auch«, sagte er, »ich weiß nicht, ob ich jemals so glücklich war.«

Sie schwiegen eine Weile und das Rauschen des Regens war unvermindert, in der feuchten Dämmerung draußen standen die triefenden Bäume, und es gab jedesmal ein klatschendes Geräusch, wenn sich von der Decke ein Tropfen löste...

»Willst du rauchen?« fragte er, aber sie antwortete nicht, und als er sich umwandte, sah er, daß sie eingeschlafen war; sie lächelte im Schlaf, und er rückte näher, bis ihr warmes Gesicht an seiner Brust lag.

Ich liebe sie, dachte er, ich kenne sie, und vieles an ihr werde ich noch kennen lernen, aber soviel es auch je sein mag, es wird immer wenig sein, fast nichts.

XVI

Er war sehr müde. Seit langem war er nicht so früh aufgestanden. Er schlief fast. Es war sehr kühl, und selbst die starren, kaum merklich flackernden Flämmchen der dünnen Kerzen schienen zu frieren. Sie standen gelb und steil, mager und ärmlich vor diesem bläulichen Dunkel hinter dem Altar, von dem er nicht erkennen konnte, ob es eine getünchte Wand oder ein verblichener Vorhang war. Auch die Kerzenleuchter waren schäbig, ebenso flach wie das etwas schiefe Tabernakel, das sie flankierten. Die Leute hockten oder knieten stumm da, und manche rochen schlecht, so wie Leute riechen, die Hunger haben und ungelüftet wohnen: nach Kohl und kaltem Ofenqualm. Die Nacken, die er vor sich sah, waren dünn, Haare kringelten unter den Kopftüchern der Frauen hervor, und in dieser demütigen, muffigen Stille hörte er die Stimme des Priesters ruhig und gleichmäßig sprechen, wie jemand, der viel Zeit hat: Corpus Domini nostri Jesu Christi custodiat animam tuam in vitam aeternam. Amen.

Er hatte noch nie einen Priester gehört, der den Satz bei jedem Kommunikanten ganz aussprach. Die meisten hatten immer nur gemurmelt und im Weitergehen weiter gemurmelt, aber dieser blieb stehen und sagte vor jedem, dem er die heilige Hostie gab, den ganzen Spruch. Die Kommunion schien unendlich viel Zeit in Anspruch zu nehmen. Irgendwo hinter ihm mußten auch die Türen undicht sein, es zog. Mauerritzen und Fenster waren mit Holzplatten zugestellt, und die Holzplatten hatten sich vor Feuchtigkeit geworfen, waren gequollen und lösten sich in verschiedene Schichten auf, zwischen denen eine dreckige Brühe herauskroch: der Leim, der sie einmal zusammengehalten hatte...

Vorne, wo der Altar war, mußte ein gotischer Bogen, der ins Hauptschiff geführt hatte, zugemauert oder durch ein großes Tuch verhängt sein, noch immer nicht konnte er feststellen, ob es Mauer oder nur eine Art Kulisse war. Sichtbar waren nur die vergoldeten, sich spitzbogenförmig vereinigenden Streben eines imitiert gotischen Pfeilers, dessen Endpunkte genau über der Mitte des Altars zusammenliefen.

Alles ging so langsam. Immer noch teilte der Priester die Kommunion aus an die paar Leute, die zur Kommunionbank gingen, und seine Stimme murmelte immer wieder ausführlich und feierlich über jedem dieser armen grauen Köpfe, während er die schmale Scheibe der Hostie hochhielt: Corpus Domini nostri Jesu Christi...

Der Meßdiener hatte den Kragen des Chorrocks hochgeschlagen und schien sich unter den weiten Rüschen seiner Ärmel die Gelenke warm zu reiben. Außerdem war deutlich zu hören, daß er in gewissen regelmäßigen Abständen die Nase hochzog. Der Priester betete mit erhobenen Händen die Schlußgebete, und die Antworten des Meßdieners kamen mürrisch und gleichgültig. Er hob den Kopf manchmal etwas und schien nach den Kerzen zu schielen, als mißbillige er diese Wachsverschwendung. Endlich kniete er mit dem Meßbuch auf dem Arm vorne, und der Priester machte langsam und feierlich das Kreuzzeichen über ihn...

Hans spürte trotz allem etwas wie Frieden und Freude. Er sah noch, wie der Junge hastig die Kerzen auspustete und dann hinter dem Kaplan in die Sakristei schritt. Draußen war es ganz hell, es mußte schon fast acht Uhr sein. Er überquerte die Straße und klingelte wieder, drinnen hinter dem eisernen Gitter der Tür hörte er schrill und hohl den Ton der Klingel. Die Haushälterin, ein Frauenzimmer mit breitem rötlichem Gesicht, öffnete drinnen die Klappe, sah ihn prüfend an und fragte: »Ist die Messe jetzt aus?«

Als er »Ja« sagte, riß sie ohne ein weiteres Wort die Tür auf und rief ihm zu, während sie sich schon umwandte und in den Flur zurückging: »Kommen Sie.«

Er ging ihr nach, aber als er am Ende des Flures im Dunkeln gegen eine hölzerne Wand stieß, war sie verschwunden, und er dachte: ich soll wohl warten...

Von irgendwoher, um eine Ecke herum, die er nicht sehen konnte, erreichte ihn das Klappern von Geschirr, und plötzlich erkannte er den widerwärtigen schmutzig süßlichen Geruch, der im Flur hing, festgefressen in dem halb zerfetzten und offenbar feuchten Rupfen: es war der Geruch zerkochter Zuckerrüben: der Dampf quoll aus der Ecke, hinter der die Küche sein mußte, und es schlug ihm warm und widerlich entgegen. Offenbar war sie damit beschäftigt, Rübenkraut herzustellen, wie es fast alle machten: auf einem Ofen, der nicht zog, der mit nassem Holz gefeuert wurde, denn es kam auch Qualm und der Geruch von Ruß auf ihn zu, und die tiefe Stimme der Haushälterin sang hinter der Ecke, die zu betreten er offenbar nicht würdig war: Rorate Coeli desuper und sie antwortete sich selbst mit einem noch tieferen baßartig angedeuteten Gebrumm: Et nubes pluant justum. Offenbar ging ihre Kenntnis des Textes nicht über diese beiden Zeilen hinaus, denn immer wieder kaute sie sie breit in ihrem Mund und brummte sie hinaus. Er fühlte sich versucht, in den langen Pausen, die sie aufkommen ließ – offenbar um irgendwelche Verrichtungen am Herd zu tun, in diesen langen Pausen fühlte er sich versucht, die lateinischen Gebete einzuflechten, die ihm jetzt aufstießen, nach langer Zeit; es mußte fast zehn Jahre her sein, daß der Religionslehrer sie ihnen in der Schule eingetrichtert hatte: Ne irascaris Domine ... ne ... ultra me, jene langatmigen halbgesprochenen Gesänge, die zum Ende hin etwas heller aufbrachen wie sanfte Knospen, und prompt ertönte hinter seiner Erinnerung an diese langen Gebete wieder die Stimme der Haushälterin: Rorate Coeli desuper...

Endlich fiel von der Haustür her Licht in den Flur, und er erkannte in diesem weißlichen Strahl den langen mageren Schatten des Kaplans und sah gleichzeitig, daß er vor einem Verschlag stand, hinter dem eine Kartoffelkiste und aller dreckige Krempel aufbewahrt zu werden schien. Die Gestalt kam näher, und als er im Dunkeln ihren Atem spürte und auch das blasse Gesicht sah, sagte er laut: »Schnitzler.«

»Ah Schnitzler«, sagte der Kaplan hastig, offenbar nervös. »Schön, daß Sie gekommen sind. Freut mich...«

Der Kaplan öffnete eine Tür, aus der fahles Licht kam, nötigte ihn herein, und er sah sich einem tollen Wirrwarr gegenüber von Bett, Stühlen, Bücherschränken und einem riesigen Tisch, der mit Büchern bedeckt war, Zeitungen, einer Tüte voll Mohrrüben...

»Verzeihen Sie«, sagte der Kaplan unruhig, »diese Unordnung. Man wohnt so eng.«

Er blickte sich lange um: das Zimmer sah wirklich scheußlich aus – immerhin war das Bett gemacht, wahrscheinlich das einzige an Aufräumungsarbeit, was sich in dieser Bude lohnte. Auch der Boden war sauber, soweit überhaupt Boden da war: vielleicht drei Quadratmeter hölzerner Dielen mit großen Rillen zwischen den Brettern, in denen der Dreck feucht und schwärzlich glänzte, ein Zeichen, daß Putzwasser ihn genäßt hatte. Im Bücherregal standen verschiedene Bände verkehrt herum. Er ging näher, um sie herumzudrehen. In diesem Augenblick kam der Kaplan mit der Haushälterin herein: er trug ein Tablett mit der Kaffeekanne, zwei Tassen, Brotscheiben auf einem Teller und einer Schale flüssigen Rübensirups. Die Haushälterin hatte einen Arm voll Holz und in der anderen Hand einen Knäuel Holzwolle...

»Sie trinken doch mit mir Kaffee, wie?« fragte der Kaplan. »Es ist kalt, nicht wahr, kalt im Juni.« Er lachte.

Er hatte tatsächlich Hunger, und hier im Zimmer fror er wieder. Er sagte: »Ja, danke.« Die Haushälterin stopfte die Holzwolle in ein schwarzes Ofenloch unmittelbar hinter dem Bett, ließ Holzstückchen nachfallen und knüllte eine Zeitung zusammen...

»Lassen Sie nur, Käthe«, sagte der Kaplan, »ich mache das schon.« Sie ging hinaus, und als sie die Tür geschlossen hatte, hörte man sie wieder singen draußen, offenbar mit großem Genuß: Rora –– dann schien sie um die Ecke verschwunden zu sein.

Der Kaplan hielt ein Zündholz an das zusammengeknüllte Papier, und die Flamme fraß sich dunkelblau und zögernd nach oben durch; Qualm kam unten heraus, und aus der Klappe oben stiegen winzige hellgraue Wölkchen.

»Sie müssen verzeihen«, sagte der Kaplan, »daß ich Sie habe warten lassen, aber der Pfarrer ist krank, und ich mußte auch die zweite Messe lesen; ich wußte es gestern noch nicht. Hoffentlich habe ich Sie nicht von etwas Wichtigem abgehalten...«

Er stand jetzt händereibend neben dem Ofen und sah Hans neugierig an, ließ dann den Blick wieder fallen und murmelte: »Sie glauben nicht, wie man kalt wird in dieser Kirche, ich habe das Gefühl, nie mehr warm zu werden, was soll das geben, wenn Winter wird.« Tatsächlich war er blaß, sein grober Mund hing müde nach unten. Unter den traurigen schönen Augen, dem einzig Schönen an ihm – waren tiefe Schatten von dunklem Rot. Die Lider waren entzündet. Im Ofen hörte man das Holz knacken, der Kaplan griff unter das Bett, nahm aus einer Kiste zwei Briketts und warf sie vorsichtig von oben auf das Feuer. Er schien irritiert, daß Hans nichts sagte.

»Halte ich Sie wirklich nicht auf?« fragte er nervös.

Hans schüttelte den Kopf. »Nein«, sagte er. »Sie hatten mich gebeten einmal herzukommen, ich...«

»Gewiß«, sagte der Kaplan ... »ich bat Ihre –– Ihre Frau, Ihnen auszurichten – einen Augenblick« –– er trat an den Tisch, goß die Tassen voll und setzte sich. »Nehmen Sie doch bitte Brot und Kraut...«

»Ich habe schon gefrühstückt – der Kaffee tut gut. Er ist heiß.«

»Aber essen Sie ruhig etwas.«

»Danke.«

Der Kaplan nahm jetzt, indem er das Messer und den linken Zeigefinger zu einer Art Zange zusammenfaßte, eine Scheibe Brot und ließ mit dem Löffel den sehr dünnflüssigen Sirup darauftropfen, der noch warm zu sein schien. Er fing mit großem Genuß an zu essen – manchmal wandte er sich um, blickte auf den Ofen und stellte schmunzelnd fest, daß das dünne Blech an zu glühen fing...

Er aß langsam, in der Art jener Leute, die den schrecklichen Augenblick hinauszögern wollen, wo sie nichts mehr zu essen haben werden, und die wissen, daß sie noch Hunger haben werden. Außerdem schien das Rübenkraut ihm Zahnschmerz zu verursachen, manchmal verzog sich sein Gesicht, er versuchte sich zu beherrschen, und es entstand ein kümmerliches Grinsen; die letzte Scheibe spülte er trocken mit heißem Kaffee hinunter.

»Aber Sie rauchen doch sicher«, sagte er, als er den letzten Krümel mit seinem breiten Daumen vom Teller getupft hatte.

»Ja«, sagte Hans.

»Langen Sie doch bitte die Tüte herüber.« Die Tüte lag zwischen einem Koffer und einem Pappkarton, der offenbar schmutzige Wäsche enthielt, auf dem Bücherbrett, sie war mit grobgeschnittenen schwärzlich braunen Tabakstücken gefüllt. Hans gab sie ihm und zückte gleichzeitig seine Dose, die nur ein paar Tabakkrümelchen und das gelbe platte Heftchen mit Zigarettenpapier enthielt.

»Sie drehen?«

»Ja«, sagte Hans. Der Kaplan hielt ihm die Tüte hin und fing an, sich eine Pfeife zu stopfen, dann lehnte er sich zurück und sagte hüstelnd: »Ich weiß nicht, wie ich anfangen soll, Sie müssen verzeihen. Es ist nicht üblich, daß wir die Gläubigen zu uns bestellen, ich glaube, es wird nicht gerne gesehen – unsere Vorgesetzten sind empfindlich gegen den geringsten Schein der Proselytenmacherei« – er hustete heftiger und wischte sich winzige weiße Schaumflocken vom

Mund – »aber ich nahm mir das Recht, weil ich Ihre Frau kenne und bei meinem Besuch feststellte, daß Sie es waren, der neulich in der Krypta bei mir war... wir haben sie räumen müssen, wie Sie sehen – der große Giebel der Oberkirche ist eingestürzt, und die Decke der Krypta wies Risse auf –«

»Ich habe es gesehen«, sagte Hans.

»Diese Kirche ist sehr häßlich« – er zuckte die Schultern, offenbar sprach er lieber von etwas anderem als von dem, was er sich vorgenommen hatte. »Es ist der Rest einer Krankenhauskapelle –– Sie wußten nicht, daß ich Ihre Frau kannte?«

»Nein...«

»Ich habe Ihr Kind beerdigt...«

»Es war nicht mein Kind...«

»So« – er räusperte sich und fingerte nervös an seiner Pfeife herum, die nicht zu ziehen schien – »ich habe es beerdigt. Ihre Frau ist sehr gläubig.«

»So?«

»Sie wußten es nicht?« Er nahm die Pfeife aus dem Mund und blickte Hans mit ehrlichem Entsetzen an.

»Nein«, sagte Hans, »ich wußte nicht, daß sie so sehr gläubig ist. Wir haben erst einmal sehr kurz über religiöse Dinge gesprochen...«

»Und Sie sind nicht verheiratet ... nicht kirchlich?«

»Nein – auch nicht amtlich.«

Der Kaplan machte Hm und steckte die Pfeife wieder in den Mund, der Tabak brannte schlecht, und durch das dauernde heftige Ziehen befiel ihn eine kleine Atemnot. Es dauerte eine Zeitlang, bis der Tabak endlich durchglühte und wirkliche Wolken aufstiegen.

»Sehen Sie«, sagte er, »ich habe mich einige Male schon mit Ihrer Frau unterhalten, auch bevor Sie hier waren. Sie ist wirklich gläubig, sogar fromm – – wußten Sie es nicht, wirklich nicht?«

Hans schüttelte stumm den Kopf. Der Tabak war stark, offenbar selbst gezogen und flüchtig getrocknet; es befiel ihn leichter Schwindel, und die Müdigkeit stieg in ihm auf wie ein Gift, das sich langsam verbreitete und alle Öffnungen des Bewußtseins verstopfte. Er trank einen Schluck Kaffee, sah, daß der Kaplan den Arm hob, um noch einmal einzuschenken, und blickte unwillkürlich weit in den schlapphängenden schwarzen Ärmel hinein, sah einen behaarten muskulösen Arm und den zusammengerollten Hemdärmel oben an dem Ellenbogen und dachte: Warum rollt er nicht den Ärmel herunter, wenn er friert. Das heiße Getränk belebte ihn wieder, und er hörte jetzt, daß der Kaplan weitergesprochen hatte, einige Sätze, die er nicht gehört hatte, denn in diesem Augenblick sagte er – – »Die Sakramente, ich verstehe nicht, wie man glauben und auf die Sakramente verzichten kann. Haben Sie eine Begründung dafür, wie?« Aber er erwartete offenbar keine Antwort. » Sie glauben doch auch, wie?« Der Kaplan sah ihn scharf an und wiederholte lauter und schärfer die Frage: »Sie glauben doch?« Offenbar erwartete er auf diese Frage eine Antwort.

»Ja«, sagte Hans, ohne zu überlegen. In Wirklichkeit fiel ihm jetzt erst ein, daß er im Grunde genommen nie aufgehört hatte zu glauben. Alle diese Dinge waren ihm selbstverständlich, wenn auch oft die Müdigkeit so groß gewesen war, daß sie belanglos erschienen.

»Immerhin«, der Kaplan lächelte, »immerhin ist das nicht wenig.« Er lächelte stärker und es legte sich wieder der Glanz einer unnahbaren Torheit über sein Gesicht, und er legte die Pfeife endgültig aus der Hand. »Und Sie haben einen Fürsprecher, einen so wirksamen, daß Sie seinen Bitten wahrscheinlich nicht werden entfliehen können.«

Hans blickte ihn starr und verständnislos an. Er schüttelte den Kopf und stammelte langsam: »Meine Mutter, gewiß...«

»Nicht nur Ihre Mutter – Ihren Vater vielleicht ... und manchen, von dem Sie nichts wissen, aber einen haben Sie gewiß, ganz gewiß. Ich sage Ihnen, man kann zu diesen Kleinen beten –– es ist eindeutig, theologisch über jeden Zweifel erhaben, daß sie bei Gott sind, verstehen Sie?«

Hans schüttelte den Kopf.

Der Kaplan sah ihn entgeistert an, er sagte erschreckt, die Augen zusammenkneifend: »Das Kind – begreifen Sie denn nicht?«

Ach so, dachte Hans, er spielt auf das Kind an. Es gab Tage, an denen er nicht daran dachte, während es manchmal ihn wie ein schrecklicher Schmerz begleitete, ein unsagbares Weh, für das er keinen Namen kannte. Er blickte den Kaplan an und sagte: »Ja, ja – aber es war nicht mein Kind...«

»Immerhin – Sie leben mit seiner Mutter in einer Gemeinschaft, wie es keine innigere unter Menschen gibt.«

Es war ihm klar, daß das Kind im Himmel war. Daran zweifelte er nicht, ein sechs Wochen altes Kind kam wohl sofort in den Himmel. Darüber brauchte man nicht zu sprechen – aber es schien ihm töricht, daß dieses kleine Wesen seine Fürsprecherin sein sollte.

Er legte den Zigarettenstummel sorgfältig in seine

Tabakdose und fragte: »War es deshalb, daß Sie mich baten, einmal zu Ihnen zu kommen?«

Der Kaplan nickte. »Sie müssen mir verzeihen … immerhin -- ich fühle mich verantwortlich.«

Hans stand seufzend auf und stellte sich neben den Ofen. »Haben Sie Mangel an Kohlen?« fragte er ruhig.

»Ja, ja«, sagte der Kaplan und wandte sich um, so daß sie sich ansehen konnten, »sie sind so teuer…«

»Ich werde Ihnen welche bringen…«

»Oh, Sie meinen…«

»Sie brauchen mir nichts zu zahlen, mich kosten sie nichts…«

»Sie kommen beruflich daran.«

Hans lachte. Er lachte laut, es schien, als lache er zum ersten Male seit langer Zeit wirklich herzlich und frei, er lachte so heftig, daß er sich verschluckte und ihn ein heftiger Husten befiel. Aber sofort, als er dem törichten und lächelnden Blick des Kaplans wieder begegnete, befiel ihn neues Lachen…

»Sie müssen mir verzeihen«, sagte er … »aber beruflich, beruflich ist gut.«

»Wieso«, der Kaplan schien wirklich etwas gekränkt zu sein, »es wäre doch möglich.«

»Eben«, sagte Hans, und er spürte, daß ihn eine plötzliche Trauer befiel, er sehnte sich danach, bei Regina zu sein, neben ihr zu liegen und ihre Stimme zu hören. »Ja«, sagte er, »ich habe beruflich damit zu tun, ich klaue sie, ich lebe davon…«

»Achso«, sagte der Kaplan und lachte kurz, »es ist wohl sehr anstrengend?«

»Es ist halb so schlimm, ziemlich einfach. Man muß nur etwas Maß halten – wenn man dreißig Stück in der Tasche hat, tut einem keiner was, aber ich hole drei mal dreißig am Tage, es ist ein ganz pünktliches, regelmäßiges Leben, ich habe meine Ausrüstung wie ein Eisenbahner, Tasche und Lampe – auch einen Fahrplan. Ich beziehe meinen Posten mit der Regelmäßigkeit eines Beamten. Meine Bescheidenheit flößt den Polizisten offenbar Respekt ein. Ich werde Ihnen Briketts bringen...«

»Ich will sie gerne bezahlen...«

»Nein, nein, Sie machen mir eine Freude, wenn Sie« – er stockte und blickte den Kaplan unruhig an. Zum ersten Male spürte er etwas wie Sympathie, die nicht diesem Menschen zu gelten schien. Sie blickten sich an, und Hans spürte, wie sein Gesicht zusammenfiel, die Müdigkeit fraß auch die letzten Reste von Spannung aus seiner Haut, und er hatte das Gefühl, mit einer schlaffen lederartigen Hülle umgeben zu sein, die ohne jede Beziehung zu ihm stand. Er sagte leise: »Ich möchte beichten...«

Der Kaplan stand so plötzlich und heftig auf, daß Hans zusammenzuckte. »Schnell, schnell«, rief er, »setzen Sie sich hierher.« Sein Gesicht drückte Freude und Angst aus, auch etwas wie Mißtrauen, und er bewegte sich mit einer Hast und einem Eifer, als müßte er zum Herd rennen und ein überkochendes Gefäß schnell retten.

»Setzen Sie sich hier«, rief er. Er selbst riß seine Stola vom Nagel, schob die Kaffeetassen beiseite und stützte die Ellenbogen auf, und die Art, wie er sein Profil mit der aufgestützten Handfläche verdeckt hatte, hatte etwas Gewerbsmäßiges, etwas zugleich Einstudiertes und Unbewußtes; er flüsterte: »Im Namen des Vaters und des Sohnes und des Heiligen Geistes.«

Hans wiederholte die Worte stockend und sagte: »Amen.«

»Ich weiß nicht, wann ich zuletzt gebeichtet habe.«

»Versuchen Sie, es herauszubekommen...«

»Welches Jahr haben wir jetzt?«

»1945«, sagte der Priester ohne Erstaunen...

»Nun, ich weiß bestimmt, daß ich 43 gebeichtet habe, im Winter, vor einer Schlacht...«

»Also 1 bis 2 Jahre.«

»Ja«, er stockte. Immer wieder glitt sein Blick von der Hand des Priesters ab, die etwas angeschmutzt war von den Briketts, und seine Augen saugten sich fest an dem Brotteller, der hoffnungslos blank war, den leeren Tassen mit dem schwarzen Satz und der grauen Tischdecke.

»Ich habe«, sagte er leise, »mich meistens gelangweilt. Ich habe keine fremden Götter angebetet und meine Frau nicht betrogen, solange sie lebte...«

»Sie hatten eine Frau?«

»Ja ... gelangweilt«, sagte er, »unaussprechlich gelangweilt ... keine Sakramente – keine Messe – – die letzte Messe vor einem Jahr. Ja – vor einem Jahr – – Ich habe gegen das sechste Gebot gesündigt, einige Male – ich habe gestohlen, oft gestohlen im Krieg – und jetzt die Briketts – und nun lebe ich mit Regina zusammen – aber sie ist meine Frau«, sagte er etwas fester.

Er starrte jetzt durch die Finger, die er etwas gespreizt hatte, weil sie müde wurden von der festen krampfhaften Schließung, und er sah, daß der Kaplan lächelte, ohne daß er wissen konnte, daß er ihm zusah.

»Und die Gebete?« fragte der Priester.

»Ich weiß nicht...«

»Versuchen Sie, sich zu erinnern.«

»Ich habe lange nicht gebetet ... zuletzt im Lazarett, das muß vor zwei Jahren gewesen sein ... und die Briketts...«

»Hm«, machte der Priester, »wieviel holen Sie? Mehr als Sie brauchen?«

»Ja, ich tausche sie gegen Brot und Zigaretten...«

»Und verschenken welche?«

»Ja.«

»Schön ... Sie dürfen sich nicht dran bereichern ... leben muß man ja, Sie verstehen?«

»Ja.« Er schwieg.

»Ist das alles?« fragte der Kaplan leise.

»Ja.«

Der Priester räusperte sich. »Die Langeweile«, sagte er, »kommt nicht von Gott. Denken Sie immer daran. Sie kann wohl zu etwas gut sein, wie das Böse ja auf eine geheimnisvolle Weise dem Guten dienen kann, dienen muß, verstehen Sie. Aber die Langeweile ist keinesfalls etwas, was unmittelbar von Gott kommt. Bedenken Sie das. Beten Sie, wenn Ihnen langweilig wird, und wenn es Ihnen zunächst noch langweiliger erscheint, beten Sie, beten Sie. Hören Sie? Einmal schlägt es durch. Immer weiter beten -- und lassen Sie sich trauen. Nehmen Sie die Sakramente, sie sind unsere Speise hier. Und bedenken Sie, daß Sie nicht ohne Verdienste sind. Auch das ist Hochmut, sich für solch einen Sünder zu halten, daß einen die Barmherzigkeit nicht mehr erreichen könnte. Eine ganz besondere Art von Hochmut, die leicht mit Demut verwechselt wird – wollen Sie sich nicht trauen lassen ... Ihre Frau leidet unter diesem Zustand, glauben Sie es mir...«

»Trauen Sie uns.«

Der Kaplan schwieg. »Ich bin durch die Gesetze gebunden. Wir dürfen keine Ehe schließen, die nicht amtlich geschlossen ist. Warum lassen Sie sich nicht amtlich trauen...«

»Meine Papiere sind nicht echt ... Dokumente könnten verlangt werden ... Trauen Sie uns so...«

Der Priester seufzte, er schwieg lange. »Ich werde es tun«, sagte er, »gegen alle Gesetze werde ich es tun – ich kann Sie bedingungsweise trauen, wenn Sie mir versprechen, sich später amtlich trauen zu lassen und auch die kirchliche Trauung noch einmal nachzuholen...«

»Ich verspreche es.«

»Schön«, sagte er, »kommen Sie mit Ihrer Frau zu mir – nach der Messe – in die Sakristei – bringen Sie irgendwelche Zeugen mit. Erwecken Sie Reue...«

Während der Kaplan die aufgestützte Hand vom Tisch nahm, die Hände faltete und sehr kurz und innig, fast nur einen Augenblick, betete, versuchte Hans, Reuegebete zu erwecken, die er irgendeinmal gelernt hatte, aber ohne es zu wissen, murmelte er in sich hinein: »Ich bin müde, ich bin müde, ich bin hungrig, mir ist schlecht – Erbarmen« – aber schon war er losgesprochen, ehe er es gemerkt hatte, er mußte wieder einen dieser kurzen Anfälle schwindelhafter Müdigkeit gehabt haben, denn er sah schon über sich das blasse Gesicht des Kaplans, der aufgestanden war und leise murmelte: »Gelobt sei Jesus Christus...«

Er stand sofort auf und stellte sich mit dem Gesicht zum Ofen und plötzlich fiel ihm ein, daß er keine Buße aufbekommen hatte.

»Sie haben mir keine Buße auferlegt«, sagte er, ohne sich umzuwenden.

»Beten Sie mit Ihrer Frau zusammen jeden Tag ein Vaterunser und ein Ave Maria.« Die Stimme klang unpersönlich, etwas gereizt und gelangweilt, und Hans empfand das als wohltuend. Er griff unter das Bett, warf noch zwei Briketts auf den Ofen und sagte: »Ich bringe Ihnen welche – morgen früh, Sie müssen das von mir annehmen...«

Als er sich umwandte, sah er, daß der Kaplan seine Tabakdose genommen und sie vollgestopft hatte. Er drückte die großen plattenartigen Tabakstücke hinein, klemmte den Deckel zu: »Dann müssen Sie von mir das hier nehmen – ich bekomme ihn geschickt von meinem Bruder; er pflanzt ihn selbst.«

»Danke«, sagte Hans. Als er sich verabschiedete, vermied er es, dem Kaplan ins Gesicht zu sehen.

XVII

Die Kerzenflamme spiegelte sich im Deckel der kleinen goldenen Kapsel, ein mattes und warmes Licht, das an die Wand reflektiert wurde und dort ein tanzendes Muster bildete, einen zitternden Kringel, der ausbrechen wollte, aber gefangen war und wie irr innerhalb eines winzigen Kreises tanzte. Die Nonne war in sich zusammengesunken, ein dunkles Denkmal aus vielen Stoffalten, in dem einzig die blasse und breite Hand lebendig erschien, die andächtig an die Brust klopfte, dreimal aus den Bauschen auftauchte und zum dritten Male endgültig verschwand.

Der Priester ließ den Deckel aufknipsen wie eine Uhr: der Lichtflecken an der Wand erlosch, und die matte Hostie verursachte in den Augen der Sterbenden ein glückliches Aufleuchten; sie versuchte, die Hände zu heben und an die Brust zu klopfen, aber der Schmerz lähmte sie; er krampfte ihren Leib zusammen, ihre Eingeweide schienen zu schrumpfen wie unter einer Faust, die sich haßvoll zusammenpreßte und nichts zu enthalten schien als Schmerz, wilden zerdrückten Schmerz, der plötzlich und vollkommen wieder verschwand, so schnell, daß sie erschrak und ein heftiger Schwindel sie erfaßte: in rasender Schnelligkeit stieg es hoch, spritzte über die Kante des Nachttisches, schwemmte heftig bis an den Ständer des Kruzifixes und befleckte die eine Kerze, aber der große Schwall klatschte über die Bettkante zu Boden, bildete eine große, sich schnell erbreiternde Pfütze, in der der blanke Nonnenschuh wie eine Insel stand; es war Blut, sehr schwarzes Blut...

Die Nonne schrie auf, der Priester knipste die Kapsel wieder zu, und für einen Augenblick tanzte der Kringel wieder an der Wand in seiner winzigen Gefangenschaft, bis der Priester die Kapsel unter seinen Rock geschoben hatte...

Die Kranke selbst hatte ihre Haltung kaum verändert, schien auch nicht beschmutzt zu sein, nur an ihrem Kinn lief ein Blutstropfen herunter, schwarz und zäh. Sie sah die Kapsel verschwinden und begriff, daß sie von dieser letzten Tröstung ausgeschlossen war. Sie fühlte sich schwach und schmerzlos, für einen Augenblick, der unendlich erschien, bis die unsichtbare Faust sich wieder zusammenkrampfte in ihrem Leib, diese Faust, die etwas umklammerte, das keine Substanz hatte: den Schmerz, dieses tödliche Nichts, das unter dem wilden Pressen dennoch platzen und wieder hochsteigen konnte: sehr schnell und schießend: Blut, das diesmal klebrig und schwer über ihre Brust floß und vom Bettuch aufgesogen wurde wie Tinte: ein großer dunkler Kreis...

Das Gesicht des Priesters schien allein zu stehen: sein dunkler Rock verschmolz mit der Dunkelheit, und in dieser Dunkelheit stand sein müdes und erschrockenes Gesicht, seine Hände waren steif und vorschriftsmäßig gefaltet dort, wo seine Brust sein mußte...

»Segnen Sie mich noch einmal«, flüsterte sie...

Er blickte zu Boden und sah die eifrigen Hände der Nonne, die den Putzlappen bewegten: von diesem grauen und nassen Wulst wurde das Blut nicht aufgesogen, es schien zäh wie Teig, schnell geronnen, und rollte sich wie eine seltsame Substanz zur Seite...

Er trat näher, segnete sie und flüsterte ihr zu: »Fürchten Sie nichts, Sie haben das Sakrament der Buße empfangen und die letzte Ölung: Schenken Sie Ihren Schmerz unserem Herrn, der allen menschlichen Schmerz kennt...«

»Ja, ja«, flüsterte sie, »rufen Sie den Arzt«, aber sie sah ihn schon eintreten; neben seiner breiten Gestalt kam eine andere, die den weißen Kittel im Gehen flüchtig zuknöpfte: an dem ernsten und zugleich müden Gesichtsausdruck, den leichten und fahrigen Handbewegungen erkannte sie sofort die Kapazität. Sie versuchte sich zu wehren, als er ihr das Hemd hochhob und ihren Bauch berührte; sein hoffnungsloses Gesicht war ganz nah vor ihr, lag fast auf ihrer Brust; dieses eingebildete Greisengesicht, das sich seinen Ritus von Größe einstudiert hatte, den es nun programmäßig ablaufen ließ: Skepsis – Hochziehen der Brauen – Nachdenklichkeit – Müdigkeit, während seine gespreizten Finger um ihren Nabel herumtasteten. Sie schrie, als er plötzlich heftig zudrückte, sie spürte seine fünf Finger wie fünf bohrende Eisen, sah, daß sich eine leichte Befriedigung auf seinem Gesicht zeigte, und flüsterte ihm zu: »Weg ... weg, gehen Sie!«

Aber er horchte nun ihr Herz ab, das Blut stürzte aus ihrem Mund über seinen Rücken, sich nicht mehr ausbreitend, ein fester Klumpen, der schon starr und schwarz geworden schien, als er ihren Mund verlassen hatte. Es störte ihn nicht: er blieb über sie gebeugt, wie ein General, der die Karte studiert, während die Granaten schon in die Nähe seines Quartiers schlagen, wissend, daß sein Rückzug in jedem Falle gedeckt ist, die Orden ihm sicher – und daß es Kleinigkeiten sind, die den Ruf vergrößern. Haltung...

Obwohl er das, was festzustellen war, längst festgestellt hatte, blieb er noch einen Augenblick über ihr, erhob sich dann, indem er ruhig die Decke über sie warf, und winkte den Kollegen in eine Ecke...

»Haben Sie die Platte?«

»Ja, ist eben gebracht worden.« Er nahm die Platte aus dem Umschlag, winkte die Nonne mit dem Leuchter heran und sah, daß der Priester sich wieder dem Bett näherte. Die Kerzenflammen gaben der trüben Hornplatte eine wilde rötliche Transparenz, erleuchteten einen seltsamen dunkelgrauen Kreis, in dem eine Reihe schwarzer harter Punkte sichtbar wurde...

»Unglaublich«, murmelte die Kapazität, »unglaublich, daß sie überhaupt noch lebt.«

»Hier ist die Aufnahme, die vor vier Wochen gemacht wurde...«

Der Arzt gab der Nonne einen Wink, sich etwas zu bücken, weil ihr Schatten in die zweite Platte fiel, und tupfte mit dem Zeigefinger dreimal in die rötlich graue verschwimmende Fläche. »Eins zwei drei«, sagte er, »nicht mehr, ich habe die Aufnahme selbst gemacht...«

»Auch die zweite...«

»Ja«, sagte er, »es muß sich ausgebreitet haben wie – wie Warzen, die plötzlich eine ganze Hand bedekken, die Geschwüre müssen – meiner Meinung nach – eine Substanz enthalten, die, wenn sie ausfließt, neue Geschwüre bildet –– wie –– wie Warzen –– vielleicht nervöse Ursache?«

Die Kapazität schwieg. Sie nahm die zweite Platte dem Kollegen aus der Hand, hielt die beiden Aufnahmen nebeneinander und murmelte: »Ich würde kaum glauben, daß die beiden Aufnahmen so kurz hintereinander gemacht worden sind, wenn nicht…«

»Ich garantiere dafür.«

»Gewiß. Übrigens kenne ich das Phänomen – es wird höchst selten beobachtet; die Zerstörung des Organs geht mit geometrischer Geschwindigkeit vor sich; es müßte interessant sein« – er senkte seine Stimme – »eine Aufnahme des jetzigen Zustandes zu haben. Auf jeden Fall das eruptierte Blut analysieren« – er grinste leise – »eine große Probe davon trage ich ja auf meinem Kittel mit. Wir müssen mit dem Schwiegervater sprechen. Begleiten Sie mich bitte« – er senkte die Stimme noch tiefer – »wenn wir eine Obduktion durchführen könnten! Kommen Sie…«

Sie sah den Priester sehr nah, hörte aber nichts mehr von ihm, nur sein Gesicht war deutlich: Erregung und Müdigkeit schienen gegeneinander zu zucken, seine Lippen bewegten sich heftig, aber sie verstand nichts, und dieses rasende stumme Stammeln erschien ihr wie das verzückte Flüstern eines Verliebten: in den großen schönen Augen des Kaplans stand Schrecken neben einer törichten Freude…

»Geld«, sagte sie, »viel Geld gehört mir. Es soll Ihnen gehören – hören Sie mich?«

Sie sah ihn nicken, und das stumme Flehen hörte auf. Seine Lippen zuckten nur noch leise…

»Es gehört Ihnen viel Geld … keinen Pfennig denen – alles für Sie – verschenken Sie es … mein ganzes Geld, hören Sie?«

Er nickte wieder…

Dann schien ihr, Willi stünde neben ihr, seine Feldwebelsterne leuchteten in der Dunkelheit, er kniete sich, und sie sah die silbrige Litze ganz nah vor sich, zwei hufeisenförmige blinkende Streifen, in denen die Sterne auf grünem Tuch standen. Sein Gesicht war bleich und verfallen, so zersetzt von Müdigkeit, daß sie den Spott nicht mehr wiederfand.

Als er den Kopf senkte, sah sie die lichten Stellen am Hinterschädel, den narbigen Nacken, und hörte ihn sagen: »Ich liebe dich, wie man ein Denkmal liebt – dich selbst nicht – nur Denkmal, weil ich dich selbst einmal liebte. Ich weiß es noch« – für einen Augenblick hob er den Kopf wieder, dann sah sie nur den Nacken – »es ist nur, daß ich dich nicht hasse, und das ist viel – ich hasse dich nicht und wollte dir Auf Wiedersehen sagen – dich noch einmal sehen – wiedersehen werden wir uns nicht.«

Sie wollte ihre Hände auf seinen Kopf legen, aber es gelang ihr nicht. Es war plötzlich das Gesicht des Priesters, eingerahmt von Feldwebelschulterstükken, und sie hörte eine andere Stimme sagen: »Denken Sie nicht an Geld in dieser Stunde, die Sie...«

»Doch«, flüsterte sie, »ich denke an Geld, ich will, daß Sie das Geld...«

Wieder stand Willis Kopf da, und die beiden Köpfe wechselten nun einander ab wie Bilder, die man flink austauscht, auch die Stimmen wechselten, die eine duzte sie, und die andere sagte Sie.

»Nur dem Alten keinen Pfennig, versprich es mir.«

»Wenn Sie vor den Richterstuhl Gottes treten, dürfen Sie nicht...«

»Ich hasse ihn – du mußt versprechen...«

Mit Willis Stimme zusammen hörte sie das Artilleriefeuer, das irgendwo in die Stadt schlug, ein sehr knallendes Krachen, das sich von Bombeneinschlägen unterschied...

»So bete ich nun das apostolische...«

Im gleichen Augenblick, wo diese Stimme wieder da war, war auch das Artilleriefeuer verschwunden...

»Ich muß gehen -- also...«

»...empfangen ist vom Heiligen Geist, geboren aus Maria der Jungfrau...«

Sie sah die graue Gestalt zur Tür gehen, sie öffnen und schließen, und als die Tür zufiel, erlosch auch draußen das dumpfe Orgeln der Geschütze...

»Abgestiegen zu der Hölle...«

Der Schmerz war wie ein sehr leises Bohren, das anschwoll wie das Heulen einer Sirene, ihre Eingeweide durcheinanderzurühren und zusammenzufassen schien, um sie nach oben zu drücken ... sie spürte es wie Klumpen im Halse – wußte nicht, daß sie schrie, hörte nicht mehr die Stimme, und das Letzte, was sie sah, waren diese stumm sich bewegenden Lippen...

Der heiße und dunkle Strahl berührte in seiner oberen Kurve das Kinn des Priesters – der ekelhafte und fette Geruch von Blut erreichte seine Nase, verursachte Schwindel, und er erhob sich rasch, aber es war zu spät: die Knöpfe seiner Soutane waren noch nicht geschlossen, die Welle spülte ihm gegen den Hemdenlatz, floß träge herunter, er spürte es schwer und naß; er stand auf, zog die goldne Kapsel heraus und betrachtete sie ängstlich: sie war befleckt; er umschloß sie vorsichtig mit der Hand, damit sie ihm nicht entfallen konnte, und rieb die beschmutzte Seite an seinem Ärmel, ängstlich und hastig, während er zusah, wie die Nonne sich übers Bett beugte, so heftig, daß die Kerzen flackerten und die kleine Silhouette des Stehkreuzes vergrößerten. Der Schatten des winzigen Querbalkens schaukelte sehr hoch, breit und dunkel an der Decke für einen Augenblick nur, dann verkleinerte sich die Flamme wieder, der große Schatten des Kreuzes sank mit ihr zusammen, verkleinerte sich, und er sah ein anderes Schattenbild: das Löschhorn. Es erschien wie eine große Kapuze, sank langsam nach unten, senkte sich über die eine Kerze, und es blieb dunkel in der Ecke, und der Schatten des Kruzifixes sprang etwas nach links zum Bett hin, wo nur eine Kerze noch brannte ––

»Ist sie tot?« fragte er leise…

Die Schwester nickte…

»Gott sei ihrer armen Seele gnädig…«

Er wandte sich um: der Mann, den er flüchtig im Flur gesehen hatte, eine magere schwarze Gestalt mit herrischem Gesicht, kam langsam näher, und er erschrak, als er Tränen auf diesem steinernen alten Gesicht sah.

Vielleicht der Vater, dachte er, und er trat beiseite und ließ die Gestalt durch, und auch die Nonne machte Platz. Er konnte zum ersten Mal die Tote sehen: das kleine Gesicht war gelb, der Mund noch geöffnet, als müßte er neue Blutstöße von sich geben, und dieser offene Mund, schmerzlich verbogen, gab dem Gesicht den Ausdruck von unendlicher Müdigkeit und von Ekel.

Die Nonne machte ihm Zeichen, wegzugehen, und er steckte die goldene Kapsel wieder an seine Brust und knöpfte im Hinausgehen die Soutane sorgfältig zu…

XVIII

Fischer blickte zur Tür hin, und als er sah, daß sie verschlossen war, bückte er sich und öffnete den Verschluß des Nachttisches; er zog die Pantoffeln heraus, ein Paar schmutziger Strümpfe, die zusammengeknüllt waren, und nun, mit dem Gesicht nahe an der Erde, sah er, daß die Blutspuren noch nicht ganz weggewischt waren; eine dünne dunkle Kruste klebte noch am Boden. Er seufzte, blickte zu den Kerzen auf und fühlte etwas wie Scham, als er nun das Nachtgeschirr beiseite schob, während er sich mühsam keuchend auf die Bettkante stützte. Alles, was er je über Erbschaftsprozesse gehört hatte, fiel ihm ein – der Schweiß brach ihm aus: auch in der Nachtkommode war der Zettel nicht. Er zuckte zusammen, als der Verschluß knackte, und während er sich auf den Boden stützte, entdeckte er unter dem Bett im Halbdunkel einen Koffer – er legte sich flach auf den Boden, versuchte den Griff zu erreichen, aber der Koffer war weit nach hinten geschoben, es nützte nichts, er mußte, er mußte seinen Kopf beugen, ihn unters Bett schieben und sich mit den Händen vortasten; Ekel packte ihn, und nun lag er auf dem Bauch im Dreck, in dieser widerwärtigen dikken Staubschicht, und als er sich duckte, um noch ein Stück voranzukriechen, berührte seine Nase den Staub, Flusen drangen ihm in den Mund, und ein heftiger Husten hinderte ihn, nun endlich den Griff des Koffers zu packen. Er hielt den Atem an, unterdrückte den Husten, schnappte den ledernen Griff; einen Augenblick war es still, und in dieser Stille hörte er, daß die Tür geöffnet und wieder geschlossen wurde; er blieb liegen, hörte einen einzigen Schritt, dann war wieder Stille, und er dachte daran, daß nun irgend jemand dort stand, der seine Beine betrachtete, seine Schuhe, die lächerliche untere Hälfte eines männlichen, unter dem Bett liegenden Körpers. Er fluchte stumm in sich hinein, und dieses heftige und häßliche innere Stammeln brachte ihm Erleichterung. Er dachte Worte, die er noch nie ausgesprochen hatte, deren Existenz er fast nur geahnt hatte – »Scheiße – Hurendreck...« es war wie eine Befreiung; er beschloß, herauszukriechen. Er schob sich langsam mit einer Hand rückwärts, hielt mit der anderen den Koffergriff und pustete heftig den gestauten Atem heraus – eine Staubwolke umwirbelte ihn, Dreck drang in Nase und Mund, er mußte niesen; sein Kragen verhakte sich an einem Drahtstück der Matratze, und er hielt wieder inne, stammelte unsinnige widerwärtige Flüche in sich hinein und spürte in einer Mischung von Ekel und Lust, daß Schweiß und Schmutz sich vermengten; er ruckte heftig, spürte, wie der Kragen riß, und wand sich langsam so heraus, daß er der Gestalt den Rücken wandte. Er warf den Koffer aufs Bett...

»Was wollen Sie«, murmelte er nach rückwärts, während er sich das Gesicht abtupfte und den Staub von seinen Kleidern schlug.

Er konnte fast nichts sehen, sein Herz schlug heftig, und nur langsam beruhigte sich die erregte rotierende Bildfläche vor seinen Augen: das Kruzifix auf dem Nachttisch, die rötliche Wand...

Er fluchte innerlich weiter, ohne es zu wissen und ohne zu wissen worauf: ein plötzlicher, heftiger Drang, dem nachzugeben ihm Erleichterung verschaffte und ihn mit einer seltsam scharfen, fast tödlichen Heiterkeit erfüllte, diese Lust, widerliche Wörter zu bilden, abscheuliche Vokabeln einer unbekannten Welt, die sich ihm mühelos erschloß, herunterzuleiern – sie in sich hineinzudenken; es schien, als bezahle er damit seinen Loskauf von der Scham: alles war ihm gleichgültig –– nur dieser Fetzen...

Er setzte sich kaltblütig aufs Bett, wischte sein Gesicht sauber, während der erregte Sektor vor seinen Augen ganz ruhig wurde und sich allmählich das unbewegte Bild eines blassen jungen Mannes abzeichnete, der eine Soldatenkappe in der Hand hielt und ihn feindselig musterte...

»Nun, was wollen Sie«, rief er ... »suchen Sie jemand?« Er ließ gleichzeitig die Schlösser aufschnappen, griff in die Taschen im Kofferdeckel und sah den jungen Mann neugierig an...

»Frau Gompertz ... ich will zu Frau Gompertz, Zimmer 16 – man sagte mir...«

Fischers Neugierde war erwacht, als er zwischen Damenwäsche einige Bücher entdeckte.

»Frau Gompertz ist tot...«, warf er ruhig hin. Plötzlich fiel ihm wieder ein, wie wertvoll dieser Fetzen Papier für ihren Vater und ihre Geschwister sein konnte, unabsehbar – sein Herz schlug heftiger, heiß und erstickend war die Erregung in seinem Hals; es schien ihm, als werde er in diesem Koffer nichts finden, und er wühlte verzweifelt zwischen Wäschestücken herum, angelte ein Gebetbuch heraus, dessen Seiten er hastig durch die Finger gleiten ließ. Er blickte erst auf, als der Schatten des jungen Mannes über ihn fiel – er hielt inne und blickte das blasse Gesicht prüfend an.

»Frau Gompertz ist tot, was wollen Sie?« rief er, als der junge Mann näher trat.

»Sie suchen an der falschen Stelle«, sagte Hans. Er ging langsam zum Nachttisch, hob das Kruzifix auf und langte unter dem Sockel den schmalen weißen Zettel heraus. »Zu Hause hatte sie es an der gleichen Stelle«, sagte er.

Fischer fühlte, daß er die Nerven verlor; er mußte die Lippen aufeinander pressen, um das Knirschen seiner Zähne zu unterbinden, aber hinter den geschlossenen Lippen spürte er dieses wilde Knacken seines Gebisses. Er sah, daß der Fremde den Zettel in die Tasche steckte, und öffnete mühsam den Mund: »Sie wissen…«, stammelte er … »Sie wollen … Sie kennen das Dokument.«

»Ich kenne es, Herr Doktor, ich habe es ihr selbst gebracht…«

»Sie? Sagen Sie, Sie … kennen wir uns nicht?«

»Wir kennen uns«, sagte Hans lächelnd und wandte sich zur Tür.

»Bleiben Sie!« rief Fischer. Hans blieb stehen.

Fischer schloß den Mund, um den Krampf in sich hineinzuwürgen, dieses Zucken, das ihn veranlaßte, gegen seinen Willen mit den Zähnen zu knirschen: während dieser aufgezwungenen Stummheit zischte er sich innerlich die Flüche vor, die er neu entdeckt hatte – er kaute mit Genuß diese Ausdrücke, die in ihm nachdrängten, diese Literatur der Verzweiflung, und plötzlich stürzte er sich auf den Mann – er las die vollkommene Überraschung in dem entsetzten Gesicht und nützte die erste Sekunde, ihn gegen die Wand zu drücken, ihm die Arme abzuklemmen, während die freie Hand zielbewußt in die linke Tasche des Fremden drang – er lachte laut, als er den

Fetzen in seiner Hand fühlte, und rannte hinters Bett; dort wartete er kampfbereit, die Hände wie zum Boxen erhoben, aber die Gestalt an der Wand rührte sich nicht.

»Für Sie ist es wertlos -- wollen Sie Geld?« rief Fischer. »Übrigens«, fügte er leiser hinzu, »glaube ich nicht, daß es echt ist.«

Er bekam keine Antwort; der Mann, dessen Namen er nicht kannte, dessen Gesicht er einmal flüchtig gesehen zu haben glaubte, löste sich langsam von der Wand und ging zur Tür...

Hans stockte, als er die große Vorhalle erreichte, die voll Licht war: links stand der lächelnde Engel, der ihn damals in der Nacht begrüßt hatte. Hans blieb stehen: die Figur schien ihm zu winken oder ihm von der Seite zuzulächeln, und er wandte sich ihr langsam zu: aber die starren Augen blickten an ihm vorbei, und die vergoldete Lilie rührte sich nicht, nur das Lächeln schien an ihn gewandt, und er lächelte leise zurück; jetzt erst, wo die Figur im vollen Licht stand, sah er, daß das Lächeln des Engels ein schmerzliches Lächeln war.

Er wandte sich erst um, als er Reginas Stimme hörte, und er erschrak, als er die Freude in ihren Augen sah.

»Nun«, fragte sie, »was ist?«

»Sie ist tot«, sagte er.

»Tot?«

Er nickte.

»Es macht nichts«, sagte sie, »wir werden andere Zeugen finden.«

Er nahm ihren Arm und ging mit ihr die Treppe hinab.

XIX

Der große Marmorengel schwieg, obwohl der Pfarrer ihn anblickte und auf ihn herabzusprechen schien; er hatte sein Profil im schwarzen Schlamm verborgen, und die Abflachung an der Stelle seines Hinterkopfes, wo er sich von der Säule gelöst hatte, erweckte den Eindruck, als sei er niedergeschlagen worden, sei nun an die Erde geschmiegt, um zu weinen oder zu trinken, sein Gesicht lag in einer Schlammpfütze, seine starren Locken waren mit Dreck bespritzt, und seine runde Wange trug einen Lehmflecken; nur sein bläuliches Ohr war makellos, und ein Stück seines zerbrochenen Schwertes lag neben ihm: ein längliches Stück Marmor, das er weggeworfen hatte.

Er schien zu lauschen, und niemand vermochte zu erkennen, ob sein Gesicht Hohn ausdrückte oder Schmerz. Er schwieg. Auf seinem Rücken bildete sich langsam eine Pfütze, und seine Fußsohlen glänzten feucht und bläulich. Manchmal auch, wenn der Pfarrer das Standbein wechselte und ihm etwas näher trat, schien es, als wolle der Engel ihm die Füße küssen; aber er hob sein Gesicht nicht aus dem Dreck hervor, er lag da, vorschriftsmäßig gedeckt durch einen Lehmwall wie ein Soldat...

»So wollen wir nun«, rief der Pfarrer, »bedenken, daß es an uns ist, zu trauern und nicht an ihr.« Er deutete mit seinen dicken weißen Händen in die Gruft, wo zwischen zwei ionischen Marmorsäulen der Sarg stand, bedeckt mit einem schwarzen Tuch, von dessen Quasten der Regen tropfte. »Wir wollen bedenken«, rief der Pfarrer, »daß der Tod der Anfang des Lebens ist...«

Der Meßdiener hinter ihm hielt krampfhaft den dunklen Horngriff des Regenschirms fest und bemühte sich, ihn so zu drehen und zu schwenken, wie der Pfarrer sich bewegte, aber manchmal waren die rhetorischen Wendungen so plötzlich, daß er nicht folgen konnte, und sooft ein Tropfen das Haupt des Pfarrers traf, warf er einen strafenden Blick nach hinten, wo der blasse Junge den Schirm hielt wie einen Baldachin...

»Bedenken wir«, rief der Pfarrer dem Marmorengel zu, »daß auch wir, auch wir immer an der Schwelle des Todes stehen. Media in vita, sagt ein mittelalterlicher Vers. Denken wir an sie zurück, unsere teure Tote – geliebt, gesegnet mit irdischen Gütern, lebend in einer großen und starken katholischen Sippe, der unsere Stadt so viel verdankt – denken wir an sie zurück: wie plötzlich traf sie der Ruf Gottes, der seinen unsichtbaren Boten zu ihr sandte – –«

Er schwieg einen Augenblick betroffen: ihm schien, als habe die makellose bläuliche Marmorwange sich bewegt wie in einem Lächeln, und der Pfarrer hob seinen ängstlichen Blick und suchte in der Versammlung von Regenschirmen die Stelle, wo die Seide am glattesten und kostbarsten zu sein schien... »Wie wurde die Familie von dieser so plötzlichen Nachricht ihres Todes überrascht« – seine Augen wanderten an den Regenschirmen vorbei bis an jene Stelle, wo eine kleine Schar schutzlos ihre Köpfe dem Regen hinhielt – »wie mögen die Armen sie betrauern, die in ihr eine treue und wissende Helferin verlieren; vergessen wir nicht, für sie zu beten, wir alle, ja, wir alle, die wir jeden Augenblick überrascht werden können von jenem unsichtbaren Boten, den Gott uns sendet. Amen.«

»Amen«, rief er noch einmal in das marmorne Ohr des Engels hinein.

»Amen«, sagte die Menge, und ein dunkles Gemurmel kam als Echo aus dem Inneren des kleinen Tempels zurück.

»Stellen wir uns hierhin«, sagte Fischer, »hier ist es trocken.« Er half dem Schwiegervater und überließ ihm den flachen Platz auf dem Hintern des Engels, während er selbst sich auf dessen Rücken stellte. Sie nahmen die Hüte ab, als der Pfarrer drinnen die Zeremonie begann.

Langsam versank der Marmorengel; seine runde Wange wurde in den weichen Boden gedrückt, und sein makelloses Ohr wurde allmählich von feuchtem Dreck verschluckt...

»Ich hab es«, sagte Fischer, »hier.«

Gompertz nahm den kleinen Zettel entgegen und las ihn durch. Sein trauriges Gesicht zuckte, und er murmelte leise: »Der letzte Gruß meines Sohnes, ein Dokument seines Hasses, den ich nie verstanden habe.«

»Glaubst du denn, daß es echt ist?«

»Ich habe nie daran gezweifelt.« Er zerriß den Zettel langsam und schob die Fetzen vorsichtig in die Öffnung seines Handschuhs...

Drinnen antwortete der Küster den lateinischen Gebeten des Pfarrers, und sie sahen, daß der Pfarrer einen Augenblick verwirrt war, weil er nicht wußte, wohin er die Schaufel Dreck werfen sollte: er schleuderte sie schließlich gegen den Sarg, und die Lehmbrocken verteilten sich über die Marmorfliesen...

Der Engel schwieg; er ließ sich vom Gewicht der

beiden Männer nach unten drücken; seine prachtvollen Locken wurden von gurgelndem Dreck umschlossen, und seine Armstümpfe schienen immer tiefer hinein in die Erde zu greifen.

Aufbewahrungsort der Niederschrift des Romans ist das Historische Archiv der Stadt Köln. Das Typoskript umfaßt 116 fortlaufend paginierte Blätter mit der Kapitelzählung I–XVIII; außerdem 3 Blätter, paginiert 1–3, mit der Kapitelzählung XVIIa. – Bei den separat gezählten Blättern handelt es sich um eine Ergänzung, die Böll am 10. April 1951 an den Verlag gesandt hat. Eine fünf Wochen vorher eingereichte erste Texterweiterung, der einführende Abschnitt von Kapitel I, ist im Manuskriptnachlaß nicht überliefert. Als Textgrundlage für diese kleine Erzählpartie ist ersatzweise ein Abdruck in der »Frankfurter Allgemeinen Zeitung« vom 17. August 1951 (Überschrift: *Skizze*) herangezogen worden. Diese Entscheidung wurde – trotz editionsphilologischer Bedenken – getroffen, weil die beiden 1951 nachgereichten Ergänzungsmanuskripte inhaltlich verzahnt sind und weil darüber hinaus dem zuletzt bekundeten Willen des Autors, auch hinsichtlich der Kapitelfolge, entsprochen werden sollte (s. hierzu die Hinweise im Nachwort, S. 206 f.).

Die Typoskripte weisen zahlreiche Verschreibungen und sonstige Flüchtigkeiten auf, auch einige inhaltliche Unstimmigkeiten (etwa bei der Darstellung des Zeitablaufs), die sich teilweise aus der Diskontinuität der Arbeit erklären. Als er das Manuskript im August 1950 an den Verlag gab, bat Böll, »einige äußere Schönheitsfehler zu verzeihen« – er sei, nachdem er »die Arbeit dreimal getippt« habe, nicht mehr fähig gewesen, »die vierte und letzte Reinschrift«

fertigzubringen; und im April 1951, nach Ablieferung der zweiten Erweiterung, schlug er vor, ihn die Beseitigung kleinerer Unzulänglichkeiten »während der Korrektur vornehmen zu lassen«. Die Möglichkeit, letztmals Hand an den Text zu legen, blieb ihm jedoch verwehrt, da eine Drucklegung nicht erfolgte.

In der vorliegenden Ausgabe wurden, ggf. unter Heranziehung der Entwurfsniederschriften oder der Drucke von Einzelepisoden, offensichtliche Schreibversehen und eindeutige orthographische Fehler korrigiert, gelegentlich auch fehlende Wortpartikel ergänzt. Auf eine Vereinheitlichung der spärlichen und inkonsequenten Interpunktion wurde verzichtet. Eine Ergänzung von Satzzeichen erfolgte bei durch Erzählertext unterbrochener wörtlicher Rede, bei parenthetischen Figuren und sonstigen infolge inkonsequenter Zeichensetzung schwer durchschaubaren Konstruktionen. Diese Eingriffe dienen dazu, die Lesbarkeit des Textes zu gewährleisten. Von einer generellen Normierung wurde Abstand genommen, weil dadurch ein Fertigkeitsgrad suggeriert würde, den die Niederschrift auch auf anderen Ebenen nicht aufweist, und weil zudem keineswegs immer eindeutig ist, ob Regelwidrigkeiten auf Eigenwilligkeit oder Nachlässigkeit des Autors beruhen. In jedem Fall belassen sind die unkonventionellen Satzkonstruktionen mit mehrfachem Doppelpunkt, den Böll in einer im Juli 1956 veröffentlichten *Selbstkritik* sein »Lieblingssatzzeichen« nennt.

Nachwort

Der Opladener Verlag Friedrich Middelhauve, der im Dezember 1949 als erste größere Prosaarbeit Bölls *Der Zug war pünktlich* herausgebracht hatte, übersandte seinem Autor am 27. Oktober 1950 Vorabexemplare der Erzählsammlung *Wanderer, kommst du nach Spa...* Beigefügt war dieser Sendung ein Verlagsprospekt, der die Sammlung als »Neuerscheinung Herbst 1950« anzeigte und darüber hinaus einen Roman mit dem Titel *Der Engel schwieg* als in Vorbereitung befindlich avisierte. Dieser Roman, dessen Veröffentlichung dann seinerzeit doch nicht zustande kam und der 1992 anläßlich des 75. Geburtstags des Autors aus dem Nachlaß herausgegeben wurde, ist in der Verlagsankündigung von 1950 wie folgt charakterisiert:

> Der neue Roman beginnt mit dem Tag des Waffenstillstands. Was sich dann entwickelt, sind keine großen Gebärden, kein »Aufstieg«, es ist das wahre, menschliche Schicksal: ständige Gefahr! Vom Krieg wird nichts erzählt, kaum etwas vom äußeren Ablauf der Nachkriegszeit. Heinrich Böll zeigt nur die Menschen dieser Zeit. Mit diesen Menschen erfahren wir, daß es schon viel ist, wenn wir wenigstens noch den Atem der Seele spüren, wenn uns wenigstens ein Strahl der Liebe trifft, wenn wir aus dem verschütteten Grund des Glaubens das ewige Licht vor dem Erlöschen bewahren. In einer Liebesgeschichte, klar und spröde, erleben wir die Phrasenlosigkeit der »heimkehrenden« Generation, die weiß, daß es keine Heimat auf dieser Welt gibt. – Die Schilderung erscheint zunächst

rücksichtslos und realistisch, aber es ist nicht der »laute« Realismus. Mit leiser Hand, fast mit grausam leiser Hand führt uns Böll in die letzte Verlassenheit von Menschen, die gerade noch das Leben haben. Von diesem Buch gilt noch mehr die Feststellung, die bei seinen früheren Veröffentlichungen schon getroffen wurde, daß »man es auch heute lesen kann, ja sogar lesen sollte«!

Die zum Schluß zitierte Wendung entstammt einer in Alfred Döblins literarischer Monatsschrift »Das Goldene Tor« veröffentlichten Rezension zu *Der Zug war pünktlich*, in der Wolfgang Lohmeyer diese Arbeit als »erregendes Stück Prosa«, als »ernstes, gewichtiges Buch« vorgestellt hatte.

Der wiedergegebene Ankündigungstext basiert auf schriftlich fixierten Vorschlägen, die vom Autor und vom Lektor des Verlages, Paul Schaaf, im September 1950 unterbreitet worden waren. Der von Böll eingereichte Entwurf umfaßte nur wenige Zeilen:

> Die Handlung beginnt am Tage der Kapitulation und blendet im 2. Kapitel zum Anfang des Krieges zurück; es wird nichts vom Krieg erzählt, kaum etwas von der Nachkriegszeit, diesem Dorado des Schwarzhandels und der Korruption: es zeigt nur die Menschen dieser Zeit, ihren Hunger, und berichtet von einer Liebesgeschichte, klar und spröde, die der Phrasenlosigkeit der »heimkehrenden« Generation entspricht, die weiß, daß es keine Heimat auf dieser Welt gibt.

Wenn Böll dezidiert hervorhebt, es werde »nichts vom Krieg erzählt«, so reagiert er damit auch auf Ratschläge, die ihm von Paul Schaaf vor Beginn der Niederschrift des Romans gegeben worden waren. Zu konstatieren sei »augenblicklich eine äußerst entschiedene Abneigung des Publikums gegen alle Bücher, die etwas mit dem Krieg zu tun haben«, hatte Schaaf am 2. März 1949 geschrieben und empfehlend hinzugefügt, er halte es für wichtig, daß Böll »thematisch über das Kriegserlebnis hinaus zu neuen Themen« komme, zu »ebenso ›engagierten Themen‹, nur aus dem Kriegserlebnis hinaus in Gegenwart und Zukunft«. Die große ›Chance‹ sei »natürlich immer ein Roman«.

Diese Überlegungen sind in den folgenden Monaten weiter Gegenstand von Diskussionen und münden schließlich ein in die Nebenabsprachen zu einer im August 1949 getroffenen vertraglichen Vereinbarung. Um dem Autor aus seiner chronischen Geldnot herauszuhelfen, setzt der Verlag Middelhauve ihm ein monatliches Fixum aus – von September bis Dezember 1949 zunächst 200 Mark, im folgenden Jahr 100 Mark –, das mit noch zu erzielenden Honoraren verrechnet werden soll. Was Middelhauve dafür erwartet, »als Gegenleistung«, wie der Geschäftsführer des Verlages später formuliert, ergibt sich aus einer brieflichen Mitteilung Bölls an seinen Freund Ernst-Adolf (genannt Ada) Kunz: »Immerhin ist das Fixum eine tolle Errungenschaft in der heutigen Krise und ich will wirklich dankbar sein. Dahinter steht natürlich die leise und stetige Forderung nach einem neuen Roman. Eben damit hapert es sehr.« Dieser Brief datiert vom 7. September 1949.

Am 5. September hat Böll die auf Wunsch des Verlages umgearbeitete Erzählung *Das Vermächtnis* abgeliefert. Vier Tage danach, also am 9. September, entsteht der mehrseitige Entwurf eines Prosatextes mit der Überschrift *Folgen einer Postkarte* (beginnend: »Die Postkarte kam morgens, als er noch schlief...«; endend: »... wieder grinste der Posten, ließ ihn eintreten und er war Soldat.«). Obwohl dieser Erzähltext später in modifizierter Form in Kapitel II des Romans integriert wird, hat ihn Böll offensichtlich zunächst als eigenständige Kurzgeschichte konzipiert. Dafür spricht nicht nur die früheste der überlieferten Planungsskizzen, in der die Postkarten-Episode nicht erscheint, sondern auch der Umstand, daß der erste auf den Roman bezogene Eintrag im Notiz-Kalender unter dem Datum 13. September 1949 erfolgt. Wenige Tage danach charakterisiert Böll gegenüber Paul Schaaf das in Angriff genommene Projekt als »Roman der ›verlorenen Generation‹«; in diesem Schreiben berichtet er auch über den Stand seiner Überlegungen und Bemühungen: »Ich kann Ihnen schlecht Teile des Manuskripts schicken, sie sind unleserlich und nehmen erst wirklich Gestalt an, wenn ich mit der ersten Ausarbeitung beginnen kann; also nachdem das Konzept im Rohen fertig ist. Ich weiß nicht, wie lange das dauert; manchmal geht es schnell, einiges hat lange Zeit erfordert. Ich habe sehr viel Zeit und Ruhe, das ist herrlich; andererseits spüre ich und merke ich, was es bedeutet, einen Roman zu schreiben. Ich plane etwa 180–200 Schreibmaschinenseiten, das entspräche 250 Druckseiten.« Erinnernd an das bei *Der Zug war pünktlich* und anderen Erzählungen praktizierte Vorgehen, bietet Böll an, »einige Partien« vorzulesen und zur Diskussion zu stellen. Eine Gelegenheit dazu ergibt sich Anfang Oktober, als der im Schwarzwald lebende Schaaf nach Köln kommt. Über das Treffen, das am 4. Oktober stattfindet und bei dem auch der Geschäftsführer des Verlages zugegen ist, berichtet Böll dem Freund

Kunz: »Ich mußte ihnen zwei Kapitel meines neuen Romans vorlesen, sie waren – Gott sei Dank! – davon ehrlich begeistert und ich denke mir, daß diese Begeisterung eine Verlängerung des Fixums bedeutet.« Die positive Resonanz bewirkt Ermutigung und löst einen Motivationsschub aus. Böll, der im zitierten Brief angibt, es fehlten »immerhin noch mindestens drei Viertel«, setzt seine Ende September kurzfristig unterbrochene Arbeit fort; im Mittelpunkt der Bemühungen steht dabei, wie Aufzeichnungen belegen, vor allem das vierte Kapitel mit einem »Dialog über die Armut«, der einen zentralen Platz haben soll. Ab Mitte Oktober erfolgt dann jedoch eine Verlagerung des Arbeitsschwerpunkts auf andere Projekte. In den Vordergrund treten zunehmend Sichtung, Auswahl und Bearbeitung der Texte für die geplante Erzählsammlung, deren spätere Titelgeschichte *Wanderer, kommst du nach Spa*... im Dezember entsteht.

Eintragungen im Notiz-Kalender signalisieren, daß Böll sich Ende des Jahres seinem Roman erneut intensiv zuwendet. Bestätigt wird dies auch durch einen am 4. Dezember an Paul Schaaf gerichteten Brief, in dem er berichtet: »Mit meinem Roman geht es weiter. Ich glaube, ich kann erst jetzt wirklich verantworten zu sagen, daß ich ihn fertig schreiben werde, es wird allerdings noch ein halbes Jahr dauern, obwohl ich mehr als die Hälfte des geplanten Umfangs ›da‹ habe.« Über den zu diesem Zeitpunkt tatsächlich erreichten Stand der Arbeit und den Fertigkeitsgrad der vorliegenden Materialien lassen sich keine Angaben machen, da Entwürfe und frühe Niederschriften nur bruchstückhaft überliefert sind. In Angriff genommen hat Böll im Dezember eine »Neuschrift« des vierten Kapitels, in das er schon zuvor erhebliche Schaffenskraft investiert hat und das, wie er jetzt vormerkt, »einen großen Dialog über das Geld« enthalten soll.

Eine Entwurfsniederschrift dieses vierten Kapitels, das in Bölls konzeptionellen Überlegungen zunächst eine zentrale Rolle spielt und das demnach wichtige Aufschlüsse über seine Gestaltungsintention geben kann, hat sich im Nachlaß erhalten. Der erste Teil bietet ein Gespräch des alten Gompertz mit seinem Sohn über Elisabeth, die Ehefrau des vermißten zweiten Sohnes, die aufgrund »irgendwelcher Theorien«, »vielleicht religiösen Wahnsinns«, Geld und Wertgegenstände verschenke und gegen die man – notfalls juristisch – vorgehen müsse. Der zweite Teil enthält einen umfangreichen Dialog zwischen Gompertz und seiner Schwiegertochter über Geld und Armut. Elisabeth verteidigt ihr karitatives Handeln und übt Kritik am Prinzip der Akkumulation durch die Reichen, insbesondere die alteingesessenen Familiensippen, die »große Friedhöfe des Geldes« seien, die »Totenkammern, in denen das Geld begraben bleibt«. Dabei nimmt sie eine Differenzierung vor zwischen ›verschwendetem‹ und ›investiertem‹ (»an die Kette« gelegtem) Geld – eine Differenzierung, die vorausweist auf die in *Ansichten eines Clowns* getroffene Unterscheidung von ›konkretem‹ Geld und ›abstraktem‹, das, unantastbar, »in Tabernakeln als Ziffer existiert« (*Ansichten*, Kap. 15). Im Zusammenhang dieser Argumentation schildert Elisabeth die Konsequenzen der Armut, die Menschen zu »Aussätzigen« mache. Sie exemplifiziert dies am Schicksal ihres Vaters, eines Autors, dessen Werke zwar gelobt, aber nicht gekauft wurden, der hungern mußte und, obwohl er seinen Schriftstellerberuf aufgab, um auf andere Weise Geld zu verdienen, schließlich »vor Elend gestorben« sei. Diese Schilderungen korrespondieren signifikant, bis in einzelne sprachliche Wendungen und Bilder hinein, mit Bölls Bericht über die eigene Situation, den er am 23. Januar 1950 in einem Brief an Paul Schaaf gibt – zu einer Zeit, als seine Frau das dritte Kind erwartet und er dringend nach einem Broterwerb sucht:

> Wenn ich Ihnen meine Situation der letzten drei Monate schildern würde, ich glaube nicht, daß sie Ihnen glaubhaft erscheinen würde, aber es ist völlig unmöglich, daß es so weitergeht; meine Frau ist zu Ende, ich bin zu Ende – so weit, daß mir alle Romane und Kurzgeschichten gleichgültig erscheinen gegen eine einzige Träne meiner Frau: das ist es. Sie verstehen mich. Möglicherweise würde es mir sehr nützlich sein, der Literatur für einige Jahre »Auf Wiedersehen« zu sagen, vielleicht für immer: es schmerzt mich weniger als man glauben wird. So wie es bisher war, konnte ich weder »frei arbeiten« noch verdiente ich Geld genug, um die Schuhsohlen meiner Kinder zu bezahlen. Ich habe einfach etwas Unmögliches unternommen und muß gestehen, daß ich in eine Sackgasse geraten bin, aus der ich nun herausrennen kann – oder die zum Ghetto zuzumauern ich versuchen könnte. – Jeglicher Versuch, irgendwie zu einem »Brotberuf« zu kommen, war unmöglich und eine Unterstützung annehmen von jener Öffentlichkeit, die meine Arbeiten ablehnt, das wäre ein Denk- und Handlungsfehler, der sich mit Recht rächen würde.

Für die später getroffene Entscheidung, die zu diesem Zeitpunkt vorliegende Fassung des vierten Kapitels zu verwerfen, mag die dann doch empfundene Scheu vor der direkten Literarisierung eigener Existenznöte mitbestimmend gewesen sein. Hinzu kam vermutlich die Einsicht, daß der mit theoretischen Überlegungen überfrachtete, überdies zur Verselbständigung tendierende Dialog die Weiterentwicklung der Erzählhandlung blockierte. Ersetzt wird das verworfene Kapitel durch das spätere zehnte, in dem Dr. Fischer seine Schwägerin zu veranlassen sucht, nicht über das Erbe ihres verstorbenen Mannes zu verfügen. Die enge Verzahnung der entsprechenden Kapitel läßt wohl die weiterreichende Schlußfolgerung zu, daß die gesamte Fischer-Handlung, in der Themen und Ideen des Dialogkapitels episch umgesetzt erscheinen, erst einer späteren Konzeptionsphase angehört.

Thematik und Motivik sowohl des ursprünglichen Dialogs als auch der später geschriebenen Erzählpartien sind ganz offensichtlich inspiriert durch die Lektüre von Werken Léon Bloys. Nachweisbar gelesen hat Böll im November 1949, also in direktem Zusammenhang mit der Arbeit am Roman, Bloys streitbare Schrift *Das Blut des Armen* sowie dessen Tagebuch *Der undankbare Bettler*. Der Einfluß des ›Mystikers der Armut‹, nach dessen Überzeugung »die Freude des Reichen als Substanz den Schmerz des Armen hat«, dokumentiert sich in der Anklage gegen die Wohlhabenden, die sich Christen nennen, in der Verwendung des Bettler-Motivs und – besonders signifikant – in der motivlichen Verknüpfung von ›Blut‹ und ›Geld‹. Als »verdünnten, verfeinerten Geruch von Blut« identifiziert Dr. Fischer den Dunst, der ihm aus seinem Safe entgegenkommt (Kap. XII). Im Blick hat Böll dabei unverkennbar die zentrale mystische Formel Bloys: »Das Blut des Armen ist das Geld«; und die vorgeschaltete Szene, in der die mittellose Regina Unger zur Bestreitung ihres Existenzminimums Blut für die Tochter des »Geldfischers« spendet, ist wohl als Versuch zu werten, das Blut-Geld-Motiv auch auf der konkreten Handlungsebene zu etablieren. Beeindruckt und inspiriert haben dürfte Böll überdies die kritische Zeichnung der »weltlichen Priester«, die Kontrastierung von vornehmen »Salonprälaten« und armen »Landpfarrern« in den Schriften Bloys, die mit ihrem antikapitalistischen Lob der Armut und der Kritik an der Verbürgerlichung des kirchlichen Lebens schon vor dem Krieg eine starke Anziehung auf ihn ausgeübt hatten und deren Lektüre er 1952 im Essay *Jenseits der Literatur* als großen Trost bezeichnen wird »angesichts der munter sich restaurierenden Gesellschaft besitzender und besitzverteidigender Christen«.

Anregungen gewinnt Böll nicht nur durch die Bloy-Lektüre, sondern auch durch die Heranziehung einer eigenen Prosaarbeit mit dem Titel *Verlorenes Paradies,* die Anfang Mai 1949 in Angriff genommen, Ende desselben Monats jedoch aufgegeben und als Fragment hinterlassen wurde. In dieser Heimkehrergeschichte enthaltene Reflexionen des Ich-Erzählers über eine defekte Dachrinne, die alle Unbilden der Zeit überstanden hat, werden im *Engel* Regina Unger zugewiesen (Kap. XIV); und die Erinnerung Hans Schnitzlers an das einzige nächtliche Beisammensein mit seiner inzwischen verstorbenen Frau, also die später unter dem Titel *Die Liebesnacht* publizierte Romanepisode (Kap. V), basiert auf einer der Rückwendungen des Erzählfragments, einer wehmütigen Reminiszenz an vergangenes Liebesglück.

Die nach wie vor prekäre wirtschaftliche Lage der eigenen Familie ermöglicht es Böll auch in der ersten Jahreshälfte 1950 nicht, das Romanprojekt kontinuierlich zu fördern. Vielmehr ist er genötigt, sich zur Aufstockung des Familienetats um zusätzliche Einnahmen zu bemühen, d. h. neue Texte zu schreiben und zur Veröffentlichung anzubieten. Im Mai entstehen die Kurzgeschichte *Aschermittwoch* sowie eine kurze Erzählung mit dem Arbeitstitel *Der General*, die Böll im August 1950 anläßlich der ersten größeren Tagung der »Gruppe junger Autoren« in Kassel vorliest, die aber erst im August 1951 unter dem Titel *Durchbruch bei Roßapfel* erscheint. Im Juni beteiligt er sich an einem Kurzgeschichten-Wettbewerb der Zeitung »Die Welt«, mit der eigens für diesen Zweck geschriebenen Beichtgeschichte *Das Abenteuer*, die Motivparallelen zu den später konzipierten Partien des *Engel*-Romans aufweist. Anfang desselben Monats ist es ihm gelungen, eine Beschäftigung als Aushilfsangestellter beim Statistischen Amt der Stadt Köln zu finden, was zwar dazu beiträgt, die finanzielle Bedrängnis zu lindern, zugleich aber auch die literarische Arbeit hemmt. Hatte er dem Verlag Anfang Mai optimistisch gemeldet, er sei sich über den Verlauf der Romanhandlung nun »vollkommen klar« und schaffe den Abschluß wohl »bis August«, so wirbt er nun um Verständnis für eine Terminverzögerung: »Die Arbeitszeit beträgt 48 Stunden, die ich zunächst erfreut hinnehme, da natürlich die Bezahlung entsprechend sein wird, die mich andererseits natürlich von meinem Roman Abschied nehmen heißt ... in diesem Augenblick, wo ich mit neuen Kapiteln, die das Ganze verbinden und abschließen sollten, dem, was mir vorschwebte, ziemlich nahe war.« Der Verlag drängt jedoch massiv auf Ablieferung des Manuskripts, was Böll zu einer konzentrierten Kraftanstrengung veranlaßt. Sieht man von einigen kleineren journalistischen Beiträgen ab, die er für den Pressedienst der »Gruppe junger Autoren« schreibt, richten sich seine Bemühungen ab etwa Mitte Juli ganz auf die Fertigstellung des Romans. Am 17. August geht das zu diesem Zeitpunkt achtzehn Kapitel umfassende Manuskript an den Verlag – »es war eine elende Schufterei, auch für meine Frau«, resümiert Böll am 22. August in einem Brief an Kunz, »wir haben ununterbrochen drei Wochen an der letzten Reinschrift gesessen«.

Die Entscheidung hinsichtlich des Titels fiel offensichtlich erst im letzten Stadium der Arbeit: Er ist dem Schlußkapitel entnommen. Kurzfristig erwogen und in Vorschlag gebracht hatte Böll zuvor, im Mai 1950, »Kinder des Lichtes«, also einen Titel biblischer Provenienz, anspielend und verweisend auf jenen vielzitierten Vers aus dem Gleichnis vom ungetreuen Verwalter (Lukas, Kap. 16), der dann Jahre später, gemünzt auf den Weltklugheit beweisenden »christlichen Herrn Kostert«, in *Ansichten eines Clowns* Verwendung findet.

Der Roman wird im Oktober mit dem eingangs wiedergegebenen Prospekttext für Frühjahr 1951 angekündigt. In der Folgezeit meldet der Verlag jedoch mehrfach Bedenken an, und Böll erklärt sich zu einer »Bearbeitung« bereit. Am 4. März 1951 sendet er »das Manuskript zurück mit der ersten Ergänzung, die vor die erste Seite gehört«. Bei dieser Erweiterung handelt es sich um den – im Nachlaß nicht überlieferten, aber als Zeitungsdruck eruierten – Eingangsabschnitt von Kapitel I, der das Motiv des Engels präludierend einführt und auf diese Weise den Romananfang mit dem Schluß verklammert, zugleich auch die Titelgebung plausibler macht.

Abgeschlossen wird der Prozeß der Überarbeitung im April: Böll reicht eine zweite »Ergänzung zum Roman« (mit der Kapitelzählung XVIIa) ein, die »vor den Schluß kommt«. Der neukonzipierte Text, der gegen Ende – mit der erneuten Erwähnung des Engels, der »ihn damals in der Nacht begrüßt hatte« – dezidiert auf die nachgetragene Eingangspassage des Romans zurückverweist, schließt insofern eine Lücke der Handlung, als er Klarheit darüber schafft, auf welche Weise das Testament Willi Gompertz', das im letzten Kapitel der Vernichtung anheimfällt, in die Hände Fischers gelangt. In diesem Zusammenhang gibt Böll außerdem die Anweisung, die Sequenz der Schlußkapitel zu verändern. Das ursprüngliche Kapitel XV, das den Tod der Elisabeth Gompertz darstellt, soll vor die eingesandte Ergänzung plaziert werden. »Für die letzten 6 Abschnitte«, heißt es im Begleitschreiben vom 10. April, »ergäbe sich also folgende Reihenfolge: XIV, XVI, XVII, XV, XVIIa, XVIII.« (Die vorliegende Ausgabe bietet diese letzte vom Autor autorisierte Kapitelabfolge, wobei die in den Niederschriften vorgefundene Zählung durch eine fortlaufende – XIV bis XIX – ersetzt wurde.)

Die vorgenommenen Ergänzungen wie auch die Umgruppierung, die dem Roman fraglos eine stärkere Geschlossenheit verleihen und die Stringenz der Schlußpartie erhöhen, haben den Verlag offenbar nicht vollständig überzeugt, jedenfalls nicht dazu veranlaßt, seine – in der Korrespondenz nie konkretisierten – Einwände zurückzustellen. Böll, der seinerseits in den voraufliegenden Monaten mehrfach Selbstzweifel geäußert hat und aus dessen Briefen zunehmend Unlust und Gereiztheit sprechen, bietet zwar noch einmal an, »jene kleinen Disharmonien«, über die man gesprochen habe, zu beseitigen, hat dann jedoch offenbar resigniert. Sein Engagement gilt inzwischen einem – aus *Durchbruch bei Roßapfel* herausentwickelten – Kriegsroman, den er schon am 25. Juli abliefern kann und dessen Drucklegung der Verlag sofort in die Wege leitet: *Wo warst du, Adam?* Am Tag darauf, also am 26. Juli, erbittet Böll das *Engel*-Manuskript zurück, da er es »sehr dringend« brauche. Diesem Wunsch wird am 30. Juli entsprochen.

Der Beweggrund für die Rückforderung des *Engel*-Manuskripts ergibt sich indirekt aus einer Mitteilung, die Böll am 27. Juli Ada Kunz macht: Er habe den neuen Roman – *Wo warst du, Adam?* – »vorgestern abgegeben und heute jedes Kapitel einzeln an verschiedene Zeitungen und Zeitschriften auf die Reise geschickt«. Das praktizierte Verfahren, verständlich und vertretbar angesichts der reigenhaften Struktur des Kriegsromans, wird nun in modifizierter Form auf *Der Engel schwieg* übertragen. Einzelne Episoden, darunter mehrere Rückblenden, werden von Böll aus dem Roman extrahiert und, teilweise unverändert oder nur geringfügig gekürzt, zur Veröffentlichung angeboten. Zeitlich fixieren läßt sich dieser Vorgang auf die Tage unmittelbar nach Rückerhalt des Romanmanuskripts; denn schon am 6. August 1951 schickt der Nordwestdeutsche Rundfunk (Köln) drei für die Sendung »Zur Nacht« eingereichte Manuskripte – *Die Liebesnacht, Der Marmorengel* und *Der Geschmack des Brotes* – zurück mit der Begründung, sie seien »alle drei für die 5-Minuten-Kürze dieser Sendung zu anspruchsvoll«.

Zur Veröffentlichung gelangen in den folgenden Wochen und Monaten: der nachträglich vorangestellte erste Abschnitt und weitere Teile von Kapitel I schon im August in der »Frankfurter Allgemeinen Zeitung« (*Skizze*; *Der Geschmack des Brotes*); der Anfang von Kapitel XIII im September in der »Welt« (späterer Titel: *Besichtigung*); das gekürzte Schlußkapitel im Mai 1952 in »Die Literatur« (*Der Engel*). Lediglich die Postkarten-Episode aus Kapitel II erfährt eine starke Überarbeitung; die Erzählung erscheint, in französischer Übersetzung, erstmals im Mai 1952. Für die Kapitel V entnommene *Liebesnacht,* vom NWDR als »im Thema unseren Hörern nicht zumutbar« zurückgewiesen, und die aus Kapitel XIV separierte *Dachrinne,* gleichfalls Schilderung eines nächtlichen Beisammenseins und als solche suspekt, konnten bislang zeitgenössische Veröffentlichungen nicht ermittelt werden; zum Druck gelangten beide Texte 1983 im Sammelband *Die Verwundung.* – In allen Ausgaben der Erzählprosa, die sich um chronologische Textanordnung bemühen, sind die genannten Geschichten in die Jahre zwischen 1948 und 1955 eingruppiert, also auf einen Zeitraum von acht Jahren verteilt. Es bedarf kaum einer näheren Ausführung, daß sich aus den Fehldatierungen und aus der Unkenntnis sowohl des Entstehungszusammenhangs als auch der fiktionalen Handlungszeit erhebliche Konsequenzen für die Deutung ergeben. Genügen mag hier der Hinweis, daß der Redakteur des NWDR den in allen Sammelausgaben mit dem Entstehungsdatum 1955 abgedruckten Text *Der Geschmack des Brotes* schon 1951 als beinahe anachronistisch empfindet und in der Ablehnungsbegründung vom 6. August entsprechend formuliert: »aus der heutigen Lebens-Situation nicht mehr völlig nachvollziehbar«. Überdies wird durch die auf irriger Datierung basierende Textanordnung in den Ausgaben der Nachvollzug des durch Kontinuität und Weiterentwicklung gekennzeichneten »Fortschreibungsprozesses«, von dem Böll seit Ende der sechziger Jahre immer wieder gesprochen hat, nicht, wie intendiert, ermöglicht, sondern nachgerade verhindert.

Interessante entstehungsgeschichtliche Zusammenhänge und intertextuelle Bezüge ergeben sich auch für den 1953 veröffentlichten Roman *Und sagte kein einziges Wort.* Handlungselemente, Motive und Figuren wie auch ganze Erzählpassagen des *Engel*-Manuskripts werden in bearbeiteter und adaptierter Form in den neuen Roman übernommen. Dies gilt insbesondere hinsichtlich des mit Sympathie gezeichneten Priesters mit dem »Bauerngesicht« (aus Kap. XIII und XVI): für die Darstellung seines Äußeren bis hin zur Gestik beim Beichthören, seiner ärmlichen Wohnverhältnisse und Lebensbedingungen und nicht zuletzt seines seelsorgerischen Engagements, das ihn in beiden Romanen zum Repräsentanten einer Nächstenliebe praktizierenden »lebendigen Kirche« werden läßt. Die Mehrzahl der Übernahmen erfolgt in jene Szene von Kapitel 8, in der über Käte Bogners Kirchenbesuch und Beichte berichtet wird; zu Beginn dieser Erzählpartie ist überdies die Eingangsszene des *Engel*-Romans verarbeitet und in allen wichtigen Zügen parallel gestaltet: die Begegnung mit dem »steinernen Engel mit wallenden Lokken«, der sich bei näherem Betrachten als gipsernes Produkt der »Frömmigkeitsindustrie« entpuppt. Die Darstellung des Kreislaufzusammenbruchs von Käte

Bogner sowie die Schilderung ihres zermürbenden Kampfes gegen Schmutz und Kalk sind gleichfalls im *Engel*-Roman vorgebildet (Kap. XI und XV) und werden, unter wörtlicher Verwendung ganzer Passagen, in die neuen Erzählkontexte transponiert (Kap. 4 und 10). Die Nachweise aufgegriffener Motive und wiederverwendeter Erzählpartikel lassen sich fast beliebig vermehren; beispielhaft genannt sei hier noch die Reflexion über die ›Gabe‹, sich an nur einmal flüchtig gesehene Gesichter zu erinnern (Kap. IX/9), die Fred Bogner von Hans Schnitzler geerbt hat – wie man denn überhaupt aufgrund zahlreicher paralleler Gestaltungszüge in ihm und seiner Frau das älter gewordene Paar Hans Schnitzler – Regina Unger wiederzuerkennen glaubt.

Die dargestellten Sachverhalte, namentlich die extensive Verwendung vorgeformter Erzählpartien im späteren Roman, stellen im Schaffen Bölls einen Sonderfall dar. Von grundsätzlicherer Bedeutung ist, daß der Autor in *Und sagte kein einziges Wort* die Geschichte Regina Ungers und Hans Schnitzlers einschließlich des sozialen Umfeldes aktualisierend ›fortgeschrieben‹ hat und daß zudem der erste in der Nachkriegszeit spielende Roman in vielfacher Hinsicht zum Ausgangspunkt des Fortschreibungsprozesses wird, in dem sich kontinuierlich die Aneignung und kritisch-engagierte Verarbeitung erlebter deutscher Nachkriegsgeschichte vollzieht.

Der Engel schwieg exponiert zahlreiche Themen, Probleme, Motive und Figuren, die Böll in späteren Werken aufgreift und entfaltet. Ein signifikantes Beispiel dafür ist die zunehmend verschärfte Kritik an der Entwicklung des bürgerlichen Nachkriegskatholizismus. Der Dr. Fischer des Romans, schon vor dem

Krieg inoffizieller Berater des Kardinals, später Herausgeber einer katholischen Zeitschrift, Sammler sakraler Kunst und Adressat bischöflicher Gunstbezeigungen, ist eine frühe Präfiguration der Repräsentanten des Verbandskatholizismus – namentlich des Madonnen-Sammlers Dr. Kinkel –, die Böll in *Ansichten eines Clowns* karikierend zeichnen wird. Andeutungsweise vorweggenommen ist im *Engel* auch die in *Ansichten* verfochtene, gegen jedwede »Verrechtlichung« von Liebe und Sexualität opponierende Auffassung des Ehesakraments: Obwohl weder standesamtlich noch kirchlich getraut, bezeichnet Hans Schnitzler – nach Konsens und Vollzug (Kap. XIV) – im Beichtgespräch Regina als ›seine Frau‹, was der Überzeugung seines literarischen Nachfahrs entspricht, daß sich die Partner gegenseitig das Sakrament spenden, dieses sich also nicht in den Händen der Kirche befindet. Eine weitere Parallele ergibt sich durch die Verwendung des Bettler-Motivs, dem in beiden Werken konstitutive Bedeutung zukommt. Die Existenzform, in der Schnitzler, der heimgekehrte Deserteur, sein Leben in der Trümmerwelt Kölns beginnt, entspricht der des Aussteigers Schnier im Schlußbild der *Ansichten*, das ihn als Straßensänger, als singenden Bettler auf der Bonner Bahnhofstreppe zeigt. Die angedeuteten Bezüge bezeugen die Kontinuität der Problematik im Werk Bölls, nicht zuletzt auch die thematisch-motivischen Korrespondenzen zwischen den am Anfang und Ende der Adenauer-Ära geschriebenen, diese Epoche umgreifenden Romanen.

Der Engel schwieg nimmt eine Schlüsselposition im Werkzusammenhang ein. Unabhängig davon verdient der Roman Interesse als überaus charakteristisches Exempel der Heimkehrer- und Trümmerliteratur und als literarisches ›Dokument‹ über deutsche Zustände und Befindlichkeiten im Mai 1945. Er führt den Leser auf verschiedene Schauplätze einer in Trümmern liegenden Stadt (nie genannt, aber unverkennbar: Köln), in Elendsquartiere, Nothospitäler und zerbombte Kirchen. Er zeigt Menschen, die, vom Krieg beschädigt und wie gelähmt, zunächst die Toten beneiden und erst allmählich wagen, das Leben wieder anzunehmen, und stellt dagegen solche, die »politisch immer richtig liegen« und ihre Geschäfte weiter betreiben, als sei nichts geschehen – Protagonisten der Restauration, die eine »auf Besitzerwerb und Familienegoismus begründete neue Gesellschaft« kreiert (*Drei Tage im März,* 2. Tag). Bei der Konzeption des Romans hat Böll ganz offensichtlich in den Jahren bis 1949/50 – auch im Zusammenhang mit der Währungsreform – gemachte Erfahrungen in die ersten Nachkriegswochen zurückprojiziert, oder, anders ausgedrückt, in der sozialkritisch akzentuierten Realitätsdarstellung spätere Entwicklungen antizipiert. Dies dokumentiert sich vor allem in dem in der Sequenz der Schlußkapitel dargestellten Triumph von skrupellosem Egoismus über mitmenschliche Caritas, der düstere Aussichten eröffnet und die Desillusionierung des Autors widerspiegelt: die Enttäuschung über den verpaßten Neuanfang, die versäumte ›Stunde Null‹. Indem er schon früh registrierte gesellschaftliche (Fehl-)Entwicklungen in eine Erzählfabel umsetzt, sich herausbildende Strukturen der Ungerechtigkeit und soziale Widersprüche grell beleuchtend, eröffnet Böll mit dem *Engel* die Reihe seiner Zeitromane, die sich in ihrer Summe zu einer literarischen Chronik Nachkriegsdeutschlands zusammenfügen.

Eine Konstante seines literarischen Schaffens, die zur Konsistenz des Gesamtwerks ebenso beiträgt wie die enge Orientierung an der sozialen Wirklichkeit, liegt in Bölls moralischem Schreibimpetus, in seiner steten Parteinahme und Sympathielenkung zugunsten der Leidenden und Trauernden, der Benachteiligten, Entwurzelten und Nichtangepaßten. Im Frühjahr 1952, als eine Denunziation der in den ersten Nachkriegsjahren entwickelten, auf realistische Bestandsaufnahme ausgerichteten Literaturkonzepte einsetzt und sich die Wende hin zu neuer Artistik ankündigt, veröffentlicht Böll sein *Bekenntnis zur Trümmerliteratur*. Was er in diesem berühmt gewordenen Essay anläßlich einer rückblickenden Bestimmung seines schriftstellerischen Standorts sagt, gilt in besonderer Weise für den Roman *Der Engel schwieg*, dessen Veröffentlichung knapp ein Jahr zuvor am Widerstand des Verlages gescheitert ist: »Die Menschen, von denen wir schrieben, lebten in Trümmern, sie kamen aus dem Kriege, Männer und Frauen in gleichem Maße verletzt, auch Kinder... und wir als Schreibende fühlten uns ihnen so nahe, daß wir uns mit ihnen identifizierten. Mit Schwarzhändlern und den Opfern der Schwarzhändler, mit Flüchtlingen und allen denen, die auf andere Weise heimatlos geworden waren...«

Wuppertal, im Juni 1994 Werner Bellmann

Heinrich Böll
Werke
Romane und Erzählungen
in vier Bänden

Herausgegeben von Bernd Balzer
Leinen in Schmuckschuber

Romane und Erzählungen 1 1947-1952
Romane und Erzählungen 2 1953-1959
Romane und Erzählungen 3 1961-1971
Romane und Erzählungen 4 1974-1985

Die langerwartete erweiterte Neuauflage des erzählerischen Werks von Heinrich Böll. Gegenüber der früheren Ausgabe der Werke *Romane und Erzählungen* ist der Umfang um etwa ein Drittel gewachsen. Aufgenommen wurden zusätzlich die letzten beiden Romane *Fürsorgliche Belagerung* und *Frauen vor Flußlandschaft*, einige späte Erzählungen sowie die frühen Prosaarbeiten, *Das Vermächtnis* und die Kurzgeschichten aus dem Band *Die Verwundung*, die erst in den letzten Jahren veröffentlicht wurden. Alle Texte wurden noch einmal gründlich durchgesehen, Interpunktion und Schreibweisen vereinheitlicht. Die Datierung der frühen Erzählungen mußte auf Grund des Nachlasses und Briefwechsels, die jetzt erst zugänglich wurden, z. T. geändert werden. Bernd Balzer ergänzte sein Vorwort. Die rund 4000 Seiten umfassende Neuausgabe der *Werke* erscheint in einer Kassette mit vier Dünndruckbänden.

Kiepenheuer & Witsch

Heinrich Böll
Frauen vor Flusslandschaft

Roman in Dialogen und Selbstgesprächen

KiWi 144

Frauen vor Flußlandschaft ist Heinrich Bölls letzter Roman, den er kurz vor seinem Tod abschloß. Der Schauplatz ist Bonn. Die Darsteller sind die Politiker und ihre Frauen, die in Dialogen und Selbstgesprächen ihre Privatheit, ihre Intrigen und Zweifel äußern. Das Unaussprechliche der Politik bekommt mit diesem dialogischen Kunstgriff eine fiktive »Öffentlichkeit«.

»Die zunehmende Schärfe des Blicks, den Böll für die politische Realität der Bundesrepublik hatte, entsprach einem Zuwachs an ästhetischer Fähigkeit. Die Grenzen des Mediums, das er gewählt hatte, das des fiktiven Romans, hat Böll bis an seine äußerste Grenze gebracht.«

Helmut Heißenbüttel, Freibeuter

Heinrich Böll
Ansichten eines Clowns
Roman

KiWi 278

Bölls meistdiskutierter Roman über den dramatischen Zusammenstoß der Liebe mit der bürgerlich-katholischen Gesellschaft.

»Nie hat Böll sich seiner Mittel souveräner bedient und trotzdem den Kampf mit Scheinchristentum und Hartherzigkeit verbissener geführt als in diesen *Ansichten eines Clowns.*«
Joachim Kaiser, Süddeutsche Zeitung

Heinrich Böll
Erzählungen

Herausgegeben von Viktor Böll
und Karl Heiner Busse

Leinen

Die Erzählungen Bölls, seine eigentliche literarische Grundform, erscheinen in diesem Band zum ersten Mal vollständig und in gesicherter Textfassung und Chronologie. Der Band enthält außerdem einige bislang noch nicht in Buchform veröffentlichten Erzählungen. Unentbehrlich für jede weitere Beschäftigung mit Bölls Werk.

Die Hoffnung ist wie ein wildes Tier
Der Briefwechsel zwischen Heinrich Böll und Ernst-Adolf Kunz 1945-1953

Leinen

Der Briefwechsel zwischen Heinrich Böll und Ernst-Adolf Kunz, dem einzigen Vertrauten in den Jahren 1945 bis 1953, ist ein einzigartiges Dokument der schriftstellerischen Anfänge Bölls und ein bewegendes Zeugnis des ungeheuren Existenzkampfes im Nachkriegsdeutschland.

Heinrich Böll
Gruppenbild mit Dame

Roman

KiWi 352

Heinrich Bölls Roman *Gruppenbild mit Dame* ist der Höhepunkt seines schriftstellerischen Werkes und die literarische Summe einer historischen Epoche, ein Panorama der deutschen Vor- und Nachkriegsgeschichte von großer Beobachtungsschärfe und künstlerischem Reiz. Sein Kern ist der Gegenmythos der Liebe, verkörpert durch eine Frauengestalt, an der sich die gesellschaftliche Wirklichkeit vielfältig bricht.

KiWi Paperbackreihe bei Kiepenheuer & Witsch

Heinrich Böll
Ende einer Dienstfahrt

Erzählung
KiWi 344

Bei einem kleinen rheinischen Amtsgericht wird ein kurios erscheinender Fall verhandelt. Zwei Handwerker, Vater und Sohn, haben einen Jeep der Bundeswehr in Brand gesteckt. Handelt es sich um einen Sabotageakt? Mit dem maliziösen »Understatement« des Humoristen entwickelt Böll den gar nicht harmlosen Konflikt zwischen Individuum und Gesellschaft.

In diesem Buch »triumphiert der lachende, gereifte, der listige und menschenfreundliche Autor.«

Frankfurter Allgemeine Zeitung